Cuatro hermanos

MARTA ROS

Cuatro hermanos

EDICIONES
COMPLUTENSE

El jurado compuesto por Luis Mateo Díez, Clara Sánchez Muñoz, Francisca Rubio Gámez y Basilio Rodríguez Cañada concedió el Premio Complutense de Literatura 2023, en su modalidad de Narrativa, a la obra *Cuatro hermanos*, de Marta Navarro Ros.

Diseño de la colección: Leticia de Santos
Imagen de cubierta: Aidugs (aidugsphoto@gmail.com)

PRIMERA EDICIÓN: ABRIL DE 2024

© 2023, Marta Ros
© 2024, Ediciones Complutense
    Universidad Complutense de Madrid
    Pabellón de Gobierno
    Isaac Peral s/n
    E-28015 Madrid
    T.: 91 394 1127
    info.ediciones@ucm.es
    www.ucm.es/ediciones-complutense

ISBN: 978-84-669-3834-1
Depósito Legal: M-6236-2024

Impresión
    Solana e Hijos Artes Gráficas
    San Alfonso, 26
    28917 Bº La Fortuna, Leganés (Madrid)

Printed in Spain

Para Aida,

Este libro y todos los escriba son y serán siempre para ti.
Gracias por ser mi apoyo incondicional y mi compañera
en esta batalla que es el arte. Gracias por inspirarme
y por ayudarme a ser mejor escritora cada día.
Gracias por todo el amor y la pasión.
Te quiero, te amo, te adoro y te necesito.

Paulita

Se aprende a comparar en la primera infancia. Y una de las comparativas iniciales que se establecen de niño es la de las familias. En los primeros contactos con otros padres, otras costumbres y otras casas construimos en la mente una red de posibilidades hasta entonces desconocida. Y los padres, frágiles, vulnerables, sobre todo si primerizos, responden de diversas maneras en función de si la comparativa les hiere o alimenta el orgullo. Por eso, cuando a tu amigo Fulanito no le dejan comer pizza ni los viernes, te dicen que no aprecias la suerte que tienes con los padres que te han tocado —porque los padres tocan, como la Lotería del Niño o el sueldo de por vida de Nescafé—; mientras que si a Menganito le permiten salir con sus amigos por el centro los fines de semana y tú replicas te dicen que mala suerte, pero ellos son como son, mientras vivas bajo su techo tendrás que acatar sus normas y todo eso, es lo que te ha tocado —porque los padres te tocan, como una diabetes o un accidente de coche—.

Mis padres eran un poco como los de fulanito y a ratos como los de menganito. Si estaban de buen humor me pagaban los viajes de estudios; si se levantaban con el ánimo torcido no me prestaban atención y yo me movía a mi libre albedrío. Durante mi infancia y adolescencia conocí a padres de todo tipo. Los de mi amiga Anna con dos enes, por ejemplo, le compraban el alcohol para las fiestas cuando teníamos quince años y celebraban que aprobara las asignaturas justas para pasar de curso haciéndole regalos. Cuando no las pasaba también se los hacían. Anna con dos enes salió como la que más, se quedó embarazada a los diecisiete y ahora limpia casas. Una suerte. De todas formas, hace ya unos años empecé a darme cuenta de que partirse la crisma para estudiar becada no sirve de mucho. Me gradué del doble grado de Criminología y Psicología, después estudié biología y nutrición a la vez. Cuando terminé, el año pasado, empecé a mandar currículums a todas partes. Solo me llamaron del Burger King —¿que por qué eché ahí? Una de esas noches turbias en las que te preguntas si realmente tu existencia vale más que la de un repartidor cualquiera, de los que llegan a la puerta de tu apartamento a las doce y media de la noche, empapados y temblando de frío, porque te ha apetecido de pronto un King Ahorro, y te descubres reflejada en su amargura—.

Pero tenía unos amigos. Y mis amigos tenían tres hijos pequeños que estudiaban en casa. Y de tan listos que eran los hijos de mis amigos, estos dejaron de poder enseñarles. Eso me dijo su madre un día que tomábamos café por el centro, en una de esas cafeterías en las que te da coraje sentarte porque sabes que te van a clavar cinco euros por un con leche descafeinado, pero es el único sitio en el que el sol te roza la nuca y estás cansada de la deshidratación solar de tu apartamento con vistas a un patio de luces.

—¿Por qué no les das clase tú? ¿Lo harías por quince la hora?

Yo no había cobrado quince euros por una hora de mi tiempo jamás en la vida. No había llegado a cobrar tan siquiera siete durante los años universitarios en los que trabajaba para los explotadores de Inditex. Así que, por supuesto, acepté. Y esos quince euros se convirtieron en un sueldo de setecientos netos, limpios, cristalinos y en mis manos, por cinco mañanitas a la semana y alguna noche de sábado en un chalé de Majadahonda cuando mis amigos, los papás, se querían escapar unas horitas. No se lo dije a mis padres, claro, me venía bien que me siguieran pagando el alquiler. Me rentaban los trescientos cincuenta de plus sobre los reproches en fiestas señaladas: «Yo a tu edad estaba comprando esta casa». Las cosas han cambiado mucho desde entonces, papá, pero no me voy a molestar en tratar de explicártelo. Haberte hecho la vasectomía cuando llegó la segunda. O después de mí. O antes, directamente. A quién quieres engañar, papá, nunca te han gustado los niños.

A mí sí que me gustaban los niños. O, al menos, mis niños, los hijos de mis amigos. Me gustaban tanto que hasta mi chico se hartó de escucharme hablar de ellos y me dejó. «¿Prefieres pasar una tarde de domingo con esa familia antes que conmigo?». Pues sí, Pablo, la verdad es que sí. Y así se lo dije, porque después de dos años y medio de relación la sinceridad pura y fría se había convertido en mi mejor herramienta para combatir la realidad que nos inundaba: se había acabado el amor. Esas cosas pasan en muchas parejas, en casi todas. Los padres de mis niños, sin ir más lejos, discutían de cuando en cuando. Ellos me lo contaban en las clases: «Ayer dormí con mamá porque papá quería dormir en mi cuarto». Qué belleza la inocencia. Qué lindo caramelo de miel con un regusto a limón conforme se deshace en la lengua salivosa.

Con Dante, Teo y Aura aprendí muchas cosas. Me di cuenta, por ejemplo, del desperdicio que es la educación, pública o privada, de las masas. Y no es por repetir el discursito de los padres liberales, eso de que la sociedad convierte a sus preciosos y perfectos hijos en «unos y unas más», enseñándoles que es mejor no preguntar las cosas complicadas a saberlas, pero era una realidad y cabe mencionarla aquí. Teo y Dante eran gemelos idénticos salvo por un lunar en la esclerótica izquierda del nombrado bajo la sombra de un poeta italiano cuyo nombre todos conocen y cuya obra pocos saben reconocer. Yo no sabía, para qué engañarnos. No se recrean en enseñarte a apreciar las artes, de ningún tipo, en la universidad. Ni siquiera un doctor en filología sería capaz de recitar los versos de *il Sommo Poeta* mejor que mi pequeño Dante. Teo sabía enumerar a todos los emires y califas de mediados del 700 a principios del 1000 en orden alfabético y con año de nacimiento y defunción. A veces canturreaba la lista porque sí, sin que nadie se lo pidiera, sobre todo cuando había visita en casa. A sus padres les encantaba presumir. Y a mí también, porque vaya niño estábamos haciendo, entre sus medios monetarios y mi mente privilegiada en desuso. Así la denominaba mi amigo, el padre de los niños. «Deberías opositar o montar una empresa», me decía. Y tenía razón, pero en ese momento de mi vida yo estaba muy a gusto con sus hijos y mi sueldo en negro, despreocupada de hacienda y otros golpes de la vida adulta.

Los gemelos tenían cinco años cuando empecé a darles clase; seis cuando pasé las primeras navidades con la familia en Marbella; siete cuando los llevaba a montar a caballo y a golf; ocho cuando sus padres me ofrecieron que me mudara con ellos a Francia. Así fue, de un día para otro, con la misma inmediatez con la que lo estoy contando. Y es que en el proceso de sentirse desligada de la unión biológica uno no se da cuenta de lo poco que le interesa su familia hasta que la de pega le pide que cambie de país. Les dije que necesitaba pensármelo y me contestaron que tenía cuatro días, se marchaban a las dos semanas. ¿Lo tenían planeado desde mucho antes? Tal vez. ¿Contaron conmigo en el último momento? Por supuesto que sí. Pero ¿qué más da? Sabían que no había demasiado a lo que yo tuviera que darle vueltas. Así que al día siguiente de la proposición indecente acepté la oferta.

A mis padres se lo dije por teléfono. Les pillé en uno de esos días de levantarse con el ánimo torcido —lo más seguro una resaca o una multa por correr con el coche—, así que yo y mi libre albedrío movimos el culo, cargados con dos maletas pequeñas, y nos mudamos a París sin reprimenda parental. No iba a ser un pueblito de Francia, tenía que ser París. Porque mis amigos vivían así, a lo grande. Y yo, siempre de experiencias tan pequeñitas y proletarias, disfruté como ninguna otra cosa mi intromisión a la vida de lujo. No puedo decir que la suerte me hubiera dado la espalda ni que la familia que me tocó sea equivalente a una patología diarreica crónica, pero tampoco podían compararse con los cuarenta millones del Precio Justo. Mis padres eran personas sencillas que tuvieron un bebé antes de tiempo y sin excesiva preocupación al respecto. Viendo los álbumes de mi infancia a veces no logro comprender cómo sobreviví: no hay fotos, nadie me prestaba atención. Mis primeros cumpleaños están grabados en cintas en las que solo se puede ver a una mano temblorosa enfocando y desenfocando la cara de mi madre que, borracha, me sujetaba a duras penas. Niña en brazo, cigarro entre los labios, cerveza en mano. Así era mi madre de joven, lo que hoy en día algunos reconocen como una mujer empoderada, y de toda la vida de Dios ha sido un categórico desastre andante.

Tardé un tiempo en dejar de sentirme una impostora acoplada a una familia que no merecía tener. Conforme mi amiga me sacaba de compras y mi amigo me presentaba a guapos escritores y pintores franceses se fue construyendo mi ego, hasta entonces apagado. ¿Qué digo apagado? Desenchufado, a años luz de una toma de corriente. Mi sueldo se redujo, pero me daban una paga para los caprichos. Y, con veintiocho años, viví como una adolescente bajo el ala de unos padres a los que no les hacía falta un hijo más del que presumir y, sin embargo, decidieron acogerme.

En Francia los gemelos empezaron el conservatorio y tenían tres tardes a la semana ocupadas. Dante tocaba la viola y Teo escogió la flauta travesera. Ambos se desenvolvían con *Para Elisa* y otros clásicos a dos manos en el piano desde que tenían cinco años. De forma que cuando Aura cumplió esa edad, en nuestro primer año en el país vecino, empezamos juntas las clases de instrumento con Noël, un pianista profesional de treinta y dos años. Mi novio, luego a luego, al cabo de tres meses de coqueteos indecentes en presencia de una niña de cinco años y sexo desaforado en su cuchitril junto a la Torre Eiffel —esto último lejos de mi Aura, evidentemente—. Noël y yo salíamos a veces con mis amigos —y padres adoptivos— por la ciudad. Nos codeábamos con diseñadores y arquitectos, sobre todo, pues trabajaban con el padre de los niños, que estaba expandiendo su cadena hostelera a la ciudad del amor. Noël me enseñó francés, él ya chapurreaba algo de español cuando nos conocimos. Mientras yo me atragantaba cada vez que intentaba pedir una barra de pan o un vaso de agua en una cafetería, Dante, Teo y Aura se volvieron bilingües en un abrir y cerrar de ojos. A veces me frustraba, «Es que no me lo explico», le decía a la madre de los niños. Y ella enunciaba con un catastrófico acento: «Moi non plus», y me servía una copa de vino blanco para acompañar la tabla de quesos que degustábamos al menos dos noches a la semana. «Se dice "moi non plus", mamá», le replicaban los gemelos. Siempre fueron sabelotodos. Pero, en cierto modo, tenían razón de serlo.

Noël y yo celebramos el aniversario viajando por el norte del país durante un par de semanas. Se acercaba el segundo invierno en Francia y Noël me insistía en que buscáramos un apartamento para irnos a vivir juntos. Pero a mí me gustaba mucho compartir cuarto con la pequeña Aura. Era como un peluche con rizos rubios y piel calentita. Acurrucada junto a ella leyéndole cuentos solía quedarme dormida yo antes. Cuando tenía pesadillas —por desgracia, muy a menudo— me tiraba de la manga del pijama para despertarme y se acurrucaba entre mis brazos. Siempre quise a Aura como una hija. El tema llegó a preocuparme hasta el punto de que sentí la necesidad de comentarlo con un profesional. Mi psicólogo me tranquilizó: «En cierto modo es tu hija, una gran parte de ti». Y a su madre biológica no parecía molestarle el estrecho vínculo que la pequeña y yo teníamos. Finalmente rechacé la oferta de Noël, después de comentarlo una noche de insomnio con Aura y ver que se le empañaban los ojitos ante la posibilidad de dejar de compartir madrugadas conmigo. Traté de explicarle que seguiría yendo a contarle cuentos y darle clase, que la llevaría al parque y continuaríamos juntas con las lecciones de piano. Pero ni siquiera yo estaba convencida, ¿cómo iba a conseguir que ella lo estuviera? Decidimos no separarnos aún. Noël se enfadó y me puso los cuernos. A día de hoy sigo sin estar segura de si fueron actos consecutivos, como una potencia-acto aristotélica, o más bien hechos al margen el uno del otro. Pero ocurrió, así que rompimos. Y yo pude querer a Aura con la tranquilidad de saber que nadie pensaría que era extraño, dato testado y apoyado por un profesional en mentes enfermas. Cuánto la quería. La quería tanto que cuando se descolgaba de mi pecho porque no le apetecía ir más en brazos notaba que se llevaba un trocito de mi alma en sus diminutos puños.

Un día Aura me dijo algo que me pilló desprevenida. Y es que en esa familia ya eran seis antes de mi aparición. Dante, Teo y Aura tenían una hermana mayor, mucho mayor, aunque no tanto como yo. Le pregunté a mi amiga acerca de esa desconocida con el pretexto de enseñarle un dibujo de la niña, un retrato familiar que mostraba a dos chicas crecidas, yo y la presunta hermana. «Qué cosas, ¿eh?», fingí naturalidad, tratando de creerme mi mentira: que no era más que alguna amiga imaginaria, una representación onírica y ominosa que Aura había creado para hacerme sentir celos —eso último me lo guardé para mí. Porque estaba celosa, qué celosa estaba—. Pero su madre me hizo ver que erraba en mis suposiciones. Sí que existía un primer proyecto del que yo, en esos cuatro años, no había oído hablar. «Alguno tenía que salir mal», dijo la mujer con una frialdad de la que se arrepintió al instante.

Luz tenía en ese momento veintidós años, siete menos que yo, y estaba estudiando Business en Inglaterra. Desde su temprana adolescencia había rotado de colegio mayor en residencia y de residencia a internado por todo el mundo, sin cese. Decían mis amigos que era incontrolable, que lo habían intentado todo. Pero Luz solo se sosegaba lejos de su familia. Qué curioso que aquello único en la vida que a mí me daba paz a ella la enfureciera, como si fuéramos el ying y el yang que equilibraba esa unidad biológica. Hablar de Luz reconcomió a mi amiga y una tarde de principios de diciembre en ese segundo año anunció noticias inesperadas: la chica iba a pasar con nosotros las navidades.

Aura y yo nos quedamos en casa el día que Dante, Teo y sus padres fueron al aeropuerto Charles de Gaulle a recoger a Luz. Yo estaba nerviosa y Aura lo notó: «No te preocupes, los papás te quieren más a ti», me dijo. Acostumbraba a incluirme en el seno familiar, así que ahí me encontraba yo, entre hermanos diminutos y una repentina amenaza mayor, una adversaria digna de encuentro. Pero Luz no quería luchar por la corona de atención y cariño, lo sentí en el instante en el que la vi cruzar la puerta del hogar. Vivíamos en un dúplex del que ella se apropió el desván, hasta entonces la sala de colegio, el sitio donde yo impartía clases a mis *homeschoolers*. Descolgó y desbarató allí su mochila de campera y se deshizo de las botas de cuero marrón que llevaba puestas. Se encendió un cigarro y yo noté cómo a mi amiga se le empezaban a hinchar las venas del cuello. Tenían una filosofía en la crianza: a los hijos no se les grita. Estaba claro que con Luz la habían incumplido muchas veces y volverían a hacerlo otras tantas durante esas fiestas.

También tardé poco en darme cuenta de que Aura y Luz tenían una complicidad especial, extraña. Era, desde luego, diferente a la de la pequeña conmigo. Apenas intercambiaban palabra, no compartían espacio a no ser que fuera estrictamente necesario. Pero había algo en la forma en la que se miraban, en la distancia, como secuaces de algún secreto solo en boca de ambas. Una noche me tomé dos copas de vino y subí al desván. Luz estaba escuchando música sobre el colchón que había instalado en el suelo para dormir. Hacía frío allí arriba, pero ella parecía no notarlo. Siempre iba en manga corta, aun en la calle en pleno invierno del helado París, como si su blanca piel fuera el pelaje de un oso polar, grueso y graso, cuando en realidad en su cuerpo no había consistencia más allá de la piel que cubría sus costillas y podías dibujar la forma de su columna vertebral en relieve al pasarle la yema del dedo por la espalda. «¿Por qué te fuiste?», «Me echaron», «Pero ¿por qué nunca volviste?». Luz me miró, se incorporó y me ofreció uno de sus cigarrillos. Yo lo acepté y lo fumé con un miedo en el cuerpo propio de un adolescente temeroso de ser asaltado por sus padres cuando incumple las leyes que le han impuesto. La conversación se dio la vuelta, Luz me preguntó: «¿Por qué te fuiste?». Y yo pensé, largo y tendido, hasta agotar la mitad de mi cigarro. «Porque aquí estoy mejor», respondí al fin. Y ella apagó la luz y volvió a tumbarse sobre el colchón. «Todo esto será tu cielo. Pero, aunque no lo creas, también es mi infierno».

No volví a hablar con Luz en un tiempo, más allá de algunas conversaciones grupales de sobremesa. Noël seguía viniendo a casa, aunque ya solo le daba clase a Aura —yo me «desapunté», según decía la niña—. Se dedicó también durante esas dos semanas de sobrepoblación en el hogar a follarse ruidosamente a Luz en el desván. Por primera vez me dolió el orgullo. Hasta entonces solo había experimentado tal sensación en huesos, músculos y órganos palpitantes. También sentí vergüenza ajena. Y un poco de rabia, cómo no admitirlo, hacia mi rival que no quería competir, Luz.

Nuestra charla entre humo de tabaco me había dejado preocupada. La mirada con la que se había embobado en el techo de madera sobre su cabeza era la misma que le dedicaba a Aura cuando se cruzaban por la casa. Era propia de ojos muertos, desentendidos, desaliñados. Ojos que una preciosa y perfecta niña de seis años, que *mi* preciosa y perfecta niña de seis años, no debía tener. Empecé entonces a hacerle preguntas a Aura en esos ratos de la noche en los que se despertaba porque había tenido una pesadilla. Le preguntaba por sus sueños y ella me decía que no podía moverse en ellos y por eso lloraba. Porque en sus pesadillas, decía, quería venir a abrazarme corriendo y no podía, algo no la dejaba. Nunca pude averiguar mediante nuestras conversaciones de madrugada de qué se trataba ese algo. Leí cientos de artículos al respecto y ninguno concordaba con la personalidad y experiencia de mi pequeña, por lo tanto, lo fui dejando pasar. La mayoría de los ensayos que leía explicaban que las pesadillas acababan desapareciendo, solo era cuestión de tiempo. Pero meses más tarde seguían allí. Y fue entonces cuando averigüé de qué se trataba ese algo que atormentaba a Aura por las noches…

Luz se había quedado, no marchó a Inglaterra después de las fiestas. Su madre, mi amiga, estaba histérica. Su padre, mi amigo, incrédulo. Decían que no tenía cabeza, que era irresponsable; que a quién se le ocurriría dejarse a medias esos estudios tan prestigiosos —y caros—. Que a mí ni se me hubiera pasado por la cabeza, apuntaban. Y a mí me daba una vergüenza terrible que nos compararan porque desde su primer día con nosotros yo tenía muy claro que no éramos adversarias. Ella no quería entrar en ese juego.

Noël dejó de darle clases a Aura porque decidimos matricularla en una escuela de música. Fue mi idea, me costó poco convencer a mis amigos de que su hija era un prodigio musical en bruto. Aura era un prodigio en cada cosa que se pusiera a hacer, eso era cierto. Pero el trasfondo de mi idea era no tener que ver más a Noël rondando por mi casa, metiéndole mano a Luz en el baño de invitados, que todavía era mi baño —porque hay límites, siempre hay límites en un hogar—. Funcionó. Noël dejó de pasar tiempo en casa y, por consiguiente, Luz dejó de pasar tiempo con Noël. Aquello me hizo creer que todo había sido una artimaña, una herramienta para darme celos. ¿Idea de quién? Noël no era retorcido. Era tan simple como una tostada de pan sin bordes. ¿Habría sido Luz? ¿Y por qué quería Luz ponerme celosa? ¿Sentía ella envidia de mi relación con Aura, con los gemelos, con sus padres? Lo cierto es que no. A Luz yo le resbalaba por completo. Me ignoraba día tras día, noche tras noche, evento tras evento —estos últimos eran cosa aparte de la vida diaria cotidiana, claro, interpretaciones públicas en las que todos teníamos un rol y varias coletillas de intelectual asignados, así como un comportamiento básico con cada miembro de la familia a desarrollar en presencia de desconocidos—. Noël y ella dejaron de quedar porque dejó de apetecerles follarse mutuamente. Pero mi ego había evolucionado tanto que me costó un tiempo darme cuenta de que no todo giraba a mi alrededor.

Al cabo de unas semanas mis amigos le dieron un ultimátum a Luz: si no empezaba a trabajar o hacer algo productivo, la echarían de casa. Ocurrió mientras disfrutábamos —o tratábamos de hacerlo— de una cena tardía en el salón, los niños ya en la cama. Cuatro adultos vinculados de extrañas formas bebiendo vino y cerveza. Aún no me había acostumbrado a la presencia de Luz en esas reuniones pos-hijos que mis amigos y yo solíamos tener. Antes de Luz, pasábamos las horas nocturnas hablando de Dante, Teo y Aura. Yo les contaba cómo iban evolucionando en clase y ellos me llenaban de nueva información sobre métodos de aprendizaje en casa que yo, después, testeaba con mis niños. Me encantaban esas conversaciones en las que nos sentíamos unidos por la inteligencia y la gracia de las que estaban dotados los pequeños. Y es que mis amigos y yo no podíamos dejar de hablar de ellos, no podíamos dejar de sentirnos asombrados por nuestras creaciones. Hay padres de todo tipo, como ya mencioné al principio. Y todos los padres, por muy disidentes que sean, comparten algo: tienen hijos. Y los hijos son experimentos caseros, pruebas numéricas de hipótesis personales. Son, también, el proyecto de los sueños frustrados, algunas veces más visiblemente que otras. Dante, Teo y Aura eran la ambición de sus padres y se convirtieron también en la mía. Porque los tres teníamos la tranquilidad de que si ellos llegaban lejos nosotros también lo habríamos conseguido. Eran eso, una pura proyección, un anhelo de ser alguien a través de otros ojos. El anhelo de ser, de hecho, creadores de ese alguien.

Pero cuando Luz se incorporó a nuestras reuniones dejamos de hablar de los niños. Dejamos de hablar del todo, en realidad. Quemábamos el tiempo inhalando humo —el padre y yo también empezamos a fumar de cuando en cuando, nunca delante de los pequeños— y agotando copas. Luego nos despedíamos para meternos en la cama ciegos de asco más que de alcohol, de la amargura de vernos interrumpidos por alguien que nos imponía. Porque así era: Luz nos daba miedo, nos cortaba el aliento en nuestro propio hogar. Nunca llegué a comentarlo con mis amigos, pero después de todos esos años de convivencia los conocía lo suficiente como para saber descifrar sus emociones. Y ellos, como yo, temían a Luz y su mirada muerta.

Otra de esas noches me llevé una ingrata sorpresa —todavía no he logrado entender qué parte de todo aquello me provocó tal malestar, pero había algo en lo relacionado con Luz que me tensaba—: el ultimátum había caducado, Luz debía irse de casa. La consecución de actos fue teatral: ella estampó una copa contra la pared y golpeó la mesa, dejando toda la alfombra perdida de ceniza y colillas —la pobre limpiadora pagó por sus actos. En esta vida siempre pagan justos por pecadores—. Salió, vestida únicamente con una camiseta ancha y unas chanclas y —a partir de aquí fueron suposiciones— deambuló por París hasta el apartamento de Noël para pedirle que se la follara mientras me insultaba a gritos para excitarla. Yo seguía pensando ese tipo de cosas. Lo negativo de no crecer con un ápice de egocentrismo en las venas es que al adquirirlo tienes que educarlo y el proceso siempre es largo.

Mi amigo se encerró en el dormitorio y mi amiga y yo recogimos los cristales y nos servimos una última copa. Ella sacó un cigarro de la tabaquera de su marido y lo encendió, primera y penúltima vez que la vi fumar. «¿Qué vamos a hacer con ella?», «¿Por qué tardasteis tanto de Luz a los gemelos? Siempre supisteis que queríais muchos hijos, ¿no?», no veía mejor momento y la pregunta me estaba devorando las entrañas. Mi amiga apagó el cigarro y se recostó sobre el sofá. Me cogió la mano y me acarició la mejilla, yo sentí un fuertísimo impulso de llamarla «Mamá». A veces la vida se vuelve confusa por un momento, por un segundo.

Esa noche la madre de mis niños me explicó que Luz no era su hija, sino fruto de un matrimonio anterior de su marido. Encajé alguna pieza más del puzle: él era, al menos, siete u ocho años mayor. La abracé y le dije que era la mejor madre que podía existir y ella lloró. Yo me recalqué en mi halago, pues lo sentía cierto. En ocasiones me dejaba llevar por mis sentimientos más infantiles y me permitía imaginar cómo habría sido mi vida de nacer en esa familia en lugar de en la mía. Tal vez hubiese sido yo ese alguien y no la persona que lo construyó. ¿Me habría gustado más? ¿Menos? Lo cierto es que no era capaz de establecer una analogía. Mi vida era incomparable con la de los demás y yo era feliz, inverosímilmente feliz, como si en cualquier momento alguien fuera a gritar «¡Corten!» y aparecieran unos créditos delante de mi cara mientras yo reía, silenciada bajo una sintonía alegre a piano, sujetando una taza de té. Todo se lo debía a ellos, a mi familia de pega, a mis niños de tres padres que me aceptaron a pesar de que les llegué impuesta, de sopetón, sin previo aviso y con una montaña de deberes por hacer y conocimientos aburridos que adquirir.

Aura me despertó temprano a la mañana siguiente, sobre las cinco y media. El resto de la familia dormía. Me tiró de la manga del pijama y me susurró: «Luz está fuera». Abrí los ojos y me incorporé a tal velocidad que sobresalté a la niña. No sé por qué esa información me preocupó, pero así lo hizo y fue positivo para Luz. Me la encontré tirada en la puerta de casa al borde de un desmayo —a medio camino entre la vida y la muerte, fue lo que pensé nada más verla—. Obligué a Aura a volver a acostarse en nuestra habitación y me encerré con Luz en el baño. La duché, le metí los dedos en la garganta y le sujeté el pelo mientras enterraba su cabeza en el váter. A la hora a la que mis amigos se despertaron, ella ya estaba durmiendo en el desván y yo había limpiado el estropicio del aseo. El padre de los niños me acompañó en el desayuno y me dio un beso en la frente antes de irse a trabajar. Fue el gesto más extraño hasta entonces llevado a cabo. La naturalidad con la que se desarrolló la escena nos dejó a los dos paralizados por un momento, luego se marchó y solo volvimos a comentarlo yendo extremadamente borrachos.

En marzo tuvimos otra visita, el dúplex no daba abasto y Aura y yo fuimos reubicadas en el sofá cama del salón. La abuela paterna de los niños se instaló en nuestro cuarto. Su aparición tenía un porqué, mis amigos querían que se llevara a Luz a Marbella y le diera trabajo en su joyería. A mí me pusieron sobre aviso: el día que esa información saliera a la luz —nunca mejor dicho. Qué graciosa soy a veces— volarían algo más que copas de cristal. Pero Luz pareció saberlo antes de que lo anunciaran. Nada más la abuela entró en nuestro hogar, con un bolso y una maleta que apestaban a dinero horneado, a papel higiénico de billetes de quinientos euros, Luz cambió: se volvió silenciosa —no era habladora, pero su presencia era estridente— y respetuosa. Dejó de fumar en el desván y empezó a pasar mucho tiempo fuera de casa. Una vez dijo que estaba buscando trabajo, pero los gemelos me contaron que a la ida y a la vuelta del conservatorio la veían siempre sentada en un banco del parque más próximo a casa, fumando. «She smokes», me decían bajito, susurrando chivatos, cuando Luz volvía a casa por las noches. En ese aspecto sí que echaba en falta una sesión de primaria. Una buena colleja a tiempo por parte de un compañero de clase enseñaba a los niños a no volverse unos soplones. La vida adolescente y los deportes de equipo tendrían que enseñarles esa lección, más tarde de lo habitual y mediante manos un poco más fornidas.

De nuevo una noche, cuando noté que Aura se había dormido, me levanté, me bebí dos copas de vino en la cocina y subí al desván. Era de madrugada, pero Luz estaba despierta, casi nunca dormía de noche. Sus ojos se agrandaban en la oscuridad. Cuando abría la puerta del altillo y ella se giraba para mirarme me recordaba a un búho campestre, *Asio flammeus*, más esterilizado que un rapaz común, con una cabecita pequeña de la que asoman penachos cuando está en alerta; como el flequillo despeinado de Luz cuando se incorporaba de la cama. Ese segundo encuentro fue distinto. Luz me invitó a sentarme a su lado y luego me dio a probar de su cigarro-no solo cigarro. Al cabo de unos minutos nos entró una risa sin sentido y nos tapamos las bocas, siendo de pronto dos niñas pequeñas tratando de no hacer ruido para que no las manden a dormir, no queríamos que se acabara nuestra fiesta de pijamas. Hablamos de todo y, aun así, cuando marché del desván me di cuenta de que no había adquirido nada de información importante. Hablamos de alcohol, porros y sexo. Creo recordar que incluso en algún momento comentamos la extraña cara de orgasmo que se le ponía a Noël al terminar. No sé por qué subí, si fue en un anhelo de extender mi maternidad falsa hacia una chica que más bien podía ser mi amiga o si realmente quería saber si Luz se encontraba bien. Pero fuera cual fuera mi objetivo, no acabó siendo el resultado.

Bajé las escaleras del altillo y después fui de puntillas hasta la planta baja, tratando de hacer el mínimo ruido para no despertar a nadie. Me sobresalté al ver una silueta en la puerta del salón, de espaldas a mí. Debido a la oscuridad, la droga y el vino, tardé unos segundos en identificar a la abuela de los niños. La observé en silencio, indecisa de qué hacer: si pasaba por su lado así, con tal sigilo, se sobresaltaría. Pero si la advertía de mi presencia de golpe en ese momento también le daría un buen susto. Decidí pisar fuerte el último escalón a modo de aviso. El resultado fue un sobresalto de todas formas. La abuela de Aura salió de lo que parecía un estado de trance; según me dijo, se quedaba embobada observando dormir a su nieta. Me resultó algo extraño, eran casi las tres de la mañana en ese momento. Pero no le di muchas vueltas, el insomnio va implícito en la adultez, en la vejez ni se cuestiona. Nos despedimos en el rellano y ella ascendió por donde yo acababa de bajar para ir a su — mi— dormitorio. Yo cerré la puerta corredera del salón y me acerqué al sofá, donde Aura, para mi sorpresa, tenía los ojos abiertos. Me acurruqué a su alrededor y al arroparla me di cuenta de que su cuerpo estaba tenso. Traté de relajarla con caricias y pequeños masajes. No era la primera vez que pasaba, tenía parálisis del sueño. Cuando Aura destensó sus bracitos y arqueó el tronco para acomodarse junto a mi regazo le pregunté si su abuela la había despertado. Su respuesta me heló la sangre: «No, primero siempre es Luz, pero tú lo has impedido».

Quedaban tres días para que la abuela de Aura se marchara y no habían pasado cosas extrañas. Fui olvidando, poco a poco, la tensión que esa noche la niña me hizo pasar y asumí que habría hablado entre sueños. Decidimos hacer un *brunch* de despedida antes de ese último fin de semana —me encantaban los *brunchs* de esa familia, mis amigos preparaban auténticos desayunos de *buffet*—. Invitamos a algunos arquitectos y un par de pintores que conocían a la abuela de los niños y a las nueve y media de la mañana todos íbamos chispados a mimosas —una breve pausa para explicar lo que cuesta verse ahí cuando se está en otra perspectiva: ¿Cuándo iba yo a pensar que estaría emborrachándome a mimosas un viernes por la mañana cualquiera en París? Son cosas que no te esperas y que, cuando ocurren, las sientes como ajenas a ti, como si fueras externa a esa situación cuando, sin embargo, es tu propia realidad—. Luz no probó un bocado, se tomó un zumo y un café y después se mantuvo en silencio cabizbaja. Había adelgazado mucho en las últimas dos semanas y ya de por sí era esquelética. Cuando la veía salir de la ducha, con esas clavículas marcadas y el cuello fino, me daba envidia. Yo siempre había tenido una lucha interna contra mi grasa abdominal visible. Sí, me parecía que los cuerpos anoréxicos eran atractivos, pero puedo culpar a la presión social y no ser criticada al respecto.

Los gemelos, por otro lado, se hincharon a comer en el desayuno. Aura se volvía tímida en público, pero yo siempre sabía qué podía ganársela. Le preparé un bol con frutos del bosque, nata y nueces y un chocolate caliente que le hicieron abrir los ojos como platos y relamerse con una media sonrisa traviesa. Sus padres, su abuela y los invitados empezaron a reír: «Te la tienes cameladita, ¡Mira qué risita más preciosa!», «¡Cómo manejas a esta niña!». Y al padre de la familia se le ocurrió que ese momento de elogios era perfecto para anunciar una noticia inesperada: «Hemos pasado casi dos años muy buenos aquí en París, pero mi mujer y yo hemos estado hablando y creemos que sería muy positiva para los niños otra inmersión cultural. Claro está, no te vamos a dejar atrás. Así que todo depende de si tú aceptas, Paulita. ¿Qué te parecería que nos fuéramos el próximo septiembre a vivir a Hong Kong? Al fin y al cabo, ya eres como de la familia». Así fue, tan rápido y conciso como lo narro. Delante de un grupo de desconocidos me ofrecieron acompañarlos hasta el fin del mundo, a lo grande. Yo, con lágrimas de entusiasmo en los ojos al igual que mis amigos, tomé a Aura y la senté sobre la mesa, delante de mí. La miré a los ojos, le limpié el chocolate de los alrededores de la boca y le toqué la nariz. Entonces, le susurré: «¿Tú que dices?» y ella asintió con furor. El público aplaudió y me pareció que acto seguido se cerraría un telón, pues aquel había sido un final feliz digno de cuento.

Dejé de ser protagonista cuando, una vez marcharon los invitados, se dio la segunda noticia: Luz se tenía que ir a Marbella con su abuela ese domingo. La respuesta de la chica nos sorprendió a todos. Nos dedicó una mirada eterna, uno por uno, incluso a los niños, y subió al desván. A los tres cuartos de hora bajó con su gigantesca mochila a la espalda y salió por la puerta principal. «¿Por qué no permitís que se venga a Hong Kong?», la primera discusión que tuve con mis amigos fue a causa de Luz, jamás lo hubiera imaginado. Conseguí hacerles entender que debían hablar con ella, barajar otras opciones, ofrecerle que volviera a estudiar. Y salimos los tres, dejando a los niños a cargo de su abuela, en busca de Luz por un París primaveral. Nos dividimos la ciudad en tres y, desde antes de empezar a caminar, ya sabíamos que no íbamos a ser capaces de encontrarla. Una vez su padre nos llamó para comunicar que no estaba en casa de Noël, las posibilidades se redujeron incluso más. Pero aun así seguimos buscando durante horas.

El sol se ponía y yo me quedé sin batería en el móvil. Decidí coger un tren y volver a casa, estaba en una zona desconocida de la ciudad y tenía miedo de perderme. Tardé casi cuarenta minutos en llegar al dúplex —no había andado tanto, es que mi sentido de la orientación es terrible y cogí dos transportes erróneos— y me encontré allí a los gemelos jugando en el pequeño jardín. «¡No!», me gritó Dante cuando me dispuse a abrir la puerta, «La abuela dice que no se puede entrar». Obedecí al niño y di dos pasos hacia atrás, después, les pregunté que dónde estaba Aura. Ellos contestaron con toda naturalidad que la niña estaba dentro y me di cuenta de que los pobres gemelos estaban totalmente acostumbrados al favoritismo y devoción de todo su núcleo familiar por la pequeña de la casa. Me prometí llevarlos a los *karts* un día de esa semana y, dejando a un lado ese pensamiento culpable, les dije que obedecería las instrucciones de su abuela, pero di la vuelta a la casa para entrar por la puerta de atrás, que casi siempre estaba abierta.

Traté de hacer el mínimo ruido mientras algo me decía que no debía pensar lo que intuía en ese momento. Me descalcé y dejé los zapatos en la cocina, caminé de puntillas para atravesarla y llegar al rellano y vi, desde allí, la puerta corredera del salón entrecerrada. Me supliqué a mí misma que diera la vuelta, me pusiera los zapatos y anunciara mi presencia con un portazo, volviendo a entrar de la mano del ruido. Pero no fui capaz, en su lugar, me deslicé poco a poco hasta la puerta y la crucé con la mirada. Desde mi limitado ángulo veía a la abuela de Aura con la niña tomada. La mujer tenía la falda subida y una mano metida por debajo de su ropa interior. Con la otra mano sujetaba la cara de la niña, abriéndole la boca para meter su lengua en ella. Observé con la garganta y el pecho apelmazados en mi paladar cómo una lengua anciana se introducía en las diferentes cavidades de la cara de mi Aura, recreándose en chupar los labios, salivar las orejas e introducirse lo más profundo posible entre sus dientes. Justo debajo del trasero de mi niña se movía el brazo que excitaba el clítoris de la mujer, haciendo el doble efecto de rozar el de Aura, con la única barrera de la ropa que llevaba.

La abuela apartó la lengua de la cara de la niña para concentrarse en el orgasmo que se acontecía y Aura me miró. En esa mirada entendí los ojos muertos que ella y Luz compartían. Comprendí también qué era aquello que no le permitía moverse en sus pesadillas y qué le había ahorrado a Luz la noche que subí al desván a fumarme un porro con ella. Lo entendí todo y, con toda mi furia calcinándome la garganta, di dos pasos hacia atrás, fui hasta la puerta de la cocina, me puse los zapatos y di un portazo. La mujer me saludó con su más encantadora sonrisa y yo me disculpé educadamente para ir al baño a vomitar.

«Cobarde».

Luz se mantuvo desaparecida los cuatro días que yo tardé en armarme de valor para contarle a mi amiga lo que había visto. La abuela de los niños alargó su partida con la esperanza de llevarse a la nieta mayor con ella. Eso era algo que yo no podía permitir. Durante esas cuatro jornadas no intercambié una sola palabra con Aura más allá de las lecciones que le impartía, con sus hermanos. Esa última tarde, mientras la ayudaba a vestirse para ir a la escuela de música, volvió a clavarme sus delicadas palabras como afiladas plumas en la conciencia: «Yo quiero ser como Dante y Teo. ¿Por qué a ellos no se lo hace?». Aquello me impulsó a encerrarme con mi amiga, la madre de mi pobre niña, en su habitación nada más volver al dejar a Aura en la escuela de música. Fue teniendo esa conversación cuando me di cuenta de que aquello era la vida real y no el cuento en el que creía llevar metida los mejores años de mi vida. Y es que, ¿qué iba a pasar?

Esa fue la segunda y última discusión que tuve con mis amigos y la segunda y última vez que vi a la madre de los niños fumándose un cigarrillo. La abuela marchó a la mañana siguiente de vuelta a Marbella —sin Luz— y yo pasé todo el día encerrada en la habitación. Por la noche le dediqué una mirada eterna a cada uno de los miembros de mi familia de pega y recordé lo que ellos siempre decían de mí: «Paulita es como de la familia». Y así era, yo era *como* de la familia, pero no parte de ella. Porque hay cosas que no se pueden elegir ni cambiar, como el núcleo biológico en el que naces. En ese ambiente las palabras que escuecen se callan, los hechos que duelen se esconden. Hay límites. Siempre hay límites en un hogar.

Nunca seré capaz de olvidar la última mirada que Aura me dedicó con sus ojitos muertos. Fue el día del funeral. Encontraron el cuerpo de Luz al pie de un alto edificio a las afueras de la ciudad.

Esa noche volví a España en avión y, al aterrizar en Madrid, me di cuenta de que ya no tenía nada, absolutamente nada en la vida, a lo que aferrarme.

Los ojos de Aura se me aparecen por la noche. En mis pesadillas, algo me impide correr hasta ella y abrazarla.

«Cobarde».

Siempre hay límites. Siempre hay límites en un hogar.

Ara

Total que un lunes de enero por la tarde voy a recoger, equipo de la uni y me pillo un tren en Sants. Fueron doce horas mortales entre el trayecto; que si parada en Valencia, que si una señora me pide ayuda para subir la maleta y pesa como un muerto, que si a un tío se le cae la mochila de otro encima y montan bronca, luego el hola mamá, hola papá, que si me llevo el huevito, que si no arranca, que si los cables, bronca de papá por no comprarle una batería nueva, que si no uso el coche casi, papá, que si echa la mochila, los macutos de la cámara y los micros al maletero lleno de mierda, que sí, que un día de estos me paso a comer, que ya sé que hace mucho frío en Sucina, que si ponte a salir de La Vaguada, ahora coge el camino viejo porque hay controles en la salida de la autovía y llevo maría —y con este coche marranero siempre me paran, siempre—, que si aparca al lado de la Iglesia, saca solo la mochila porque quién se va a poner a intentar abrirme el coche aquí, que si encuentra la llave que es, forcejeo interminable, patada final, crujido, chirrido y dentro. La mitad de las luces de esta casa están fundidas y la otra mitad son de un horroroso blanco psiquiátrico. El agua que sale de los grifos es marrón y obliga a las cucarachas a desalojar las tuberías y esparcirse por toda la casa. Hay paredes enteras caídas, literalmente: bloques de hormigón sobre el suelo de las habitaciones. Hay figuras de Cristo encima de las mesas y el cuarto del fondo está lleno de muñecas que dan muy mal rollo. En serio, un mal rollo que te cagas. Algunas tienen cucarachas viviendo en sus cabezas, que entran y salen por los huecos de los ojos y se quedan enredadas en los pelos de plástico. El contenido del frigorífico me sorprende: está lleno. Son cervezas. Me saco una y me lío un porro. Luego busco mantas en los armarios y las pongo sobre la cama de la habitación que da a la plaza de la Iglesia. He elegido esa porque le entra la luz de las farolas por la ventana y se escuchan los coches que cruzan el pueblo por el camino viejo que conecta la mitad de los municipios de la región. Obviamente se lo he negado a mi madre, pero tenía razón: esta casa me acojona. Acojonaría a cualquiera. Es siniestra, los muebles crujen y de cuando en cuando se cae un trozo de pared. ¿Y si se me cae el techo encima esta noche? Todo esto ha sido absurdo, ¿para qué coño le hago caso a la tutora? ¿por qué elegí a esa loca de tutora, para empezar? Tenía que haber hecho un puto TFG teórico, como todos los demás que quieren ir a su puta bola. Qué frío hace en este pueblo, joder… No pienso tumbarme en esa cama, ni de coña. Paso de morir aplastada por una casa en ruinas. A la mierda, me voy al coche. Seguro que estoy más calentita y todo. Me llevo una manta de estas gordas y a dormirla. Si me echo otro peta seguro que me sobo ensegui…

Hostia puta, ¿eso ha sido la puerta? Venga ya, no me jodas eh… Puf, pensaba que era más valiente que esto. Pero tío, son casi las dos de la mañana. A lo mejor me lo he imaginado. Mierda, ahora mi nombre y todo. Han venido a matarme. Buah, veo demasiados *true crimes*. Ara, va, abre la puerta y déjate ya de tonterías. —Hombre, ¡prima! Veo que ya estás como en casa, sácame una birrita a mí también, ¿no? —¿Quién coño es este tío?—. Por la cara que pones veo que no me has reconocido. Soy José Luis, prima, si jugábamos mucho de pequeños aquí ca' los abuelos —No caigo, ni puta idea, podría ser perfectamente un asesino—. No caes, ¿eh? Tengo un año más que tú.

—Espérate —espérate, creo que he caído—: ¿el hijo de la tata Pepa?

—¡Claro, pijo! Ya me acuerdo, un crío muy raro. No me transmitía confianza de pequeña. Pero lo invito a pasar porque vive en el pueblo y voy a necesitar su ayuda para hacer el documental. El maldito documental, quién me mandaba a mí... Puta tutora.

Se saca una cerveza y me dice que son suyas, que se las guarda aquí y viene cuando le apetece pasar un rato tranquilo. Le ofrezco compartir un porro pero me dice que no, que se ha fumado uno antes. Es un mentiroso, este no ha probado un petardo en su vida, vamos, con esa cara de paleto que tiene. Tabaco sí fuma. Y a granel, se ha fundido medio paquete en el rato que llevamos aquí. Le voy a quitar un par de industriales para fumar a mora, que ya estoy cansada del cartón.

—Y, ¿qué? ¿Cómo están tus padres?

—No sé —me encojo de hombros. ¿Cómo están mis padres? Yo que sé, me da igual—, ahí van. ¿Y los tuyos?

—Bien, mi madre ya mucho mejor.

¿Qué le pasaba a su madre? Seguro que el papá me lo dijo... ¿Se cayó en el baño? No, eso fue alguien de la otra parte de la familia, creo. ¿Una depresión gorda? Pero eso era el tito Juan de Alicante, ¿no?

—Hace dos meses que terminó con la quimio. Cáncer. Cáncer de mama. Claro, coño.

—Me alegro —miento, porque en realidad hace un segundo ni sabía que estaba enferma, así que no puedo entusiasmarme por que esté bien—. ¿Y tú qué tal?

—Pues ya ves, aquí... Pero muy contento, aunque la empresa no me deja vacaciones.

—Eras agrónomo, ¿no?

—¿Yo? Qué va —cuando se ríe parece un burro—. La ingeniera es mi hermana Loles, que está ahora con los campos de Navío, el de los naranjos. Yo hago compraventa de tractores y alguna chapucilla en construcción. No me puedo quejar, ¿eh? me da para los caprichos. Mira qué moto de agua me he comprado —¿Para qué quiere este tío una moto de agua en medio del campo? Qué pringado—. Para los veranicos que pasamos en La Manga, ca' los primos de mi madre.

José Luis usa el móvil como si fuera un viejo analfabeto, lleva hasta una funda con tapa. Hala, la casa de la Manga, me había olvidado de ese sitio. Mis padres nos llevaban de pequeñas, luego dejamos de ir.

Poco a poco me voy acordando de la familia y su estructura. José Luis no se calla, se ha sacado ya la cuarta cerveza y me pregunta por el documental, dice que a su madre le da vergüenza que la grabe con el poco pelo que tiene ahora y lo delgada que se ha quedado. Le sonrío,

¿qué se contesta cuando te dicen algo así? «No te preocupes, yo le pongo carne con el Photoshop», qué tontería. Si se va a poner pesada pues que no salga y punto, será por familia… Bostezo un par de veces para hacerle creer a José Luis que tengo sueño y conseguir que se marche por fin, pero no pilla mis indirectas.

—Y tú, ¿qué? ¿Algún noviete catalán? ¡Búscate alguno que no sea agarrado!

Toma ya, una tras otra. Mis padres no están aquí, así que no pienso limitarme a poner buena cara. Mi abuela ya está muerta y el resto de marujas de este pueblo me traen sin cuidado.

—Soy lesbiana.

—Ah, sí… —Qué asco de cara ha puesto. Vete ya, pesado—. Algo dijo tu hermana en el Día de Todos los Santos del año pasado. Se me había olvidado —No se te ha olvidado, lo sabías perfectamente. Eres una de esas personas de: «No, yo no soy homófobo, si mi prima es lesbiana». ¿Aguantará mi cuerpo tanto retrogradismo en las próximas semanas? Dios… ¿Qué hago aquí? No. ¿Qué hace él aquí?—. Y, ¿has tenido alguna novia ya o eres lesbiana desde hace poco?

—Bueno, primo —«Primo», qué tiricia—, estoy molida así que me voy a ir a dormir ya. Tú quédate todo lo que quieras.

Vete. Vete. Vete.

—No, mujer, yo me voy ya. Lo bueno de ser el jefe es que no tengo que madrugar, pero sí que quiero pasarme por la nave un ratico mañana por la mañana —Encima va de sobrado—. Ale, ¡buenas noches!

Me he despertado a las ocho y media de la mañana tiritando de frío. Al menos al final me atreví a dormir en la casa. Repaso los guiones técnicos de mierda que preparé en el tren, no tengo ni idea de cómo voy a abordar este proyecto. No entiendo por qué mi tutora me dijo que lo hiciera sola. Necesito cámaras, arte, producción, gente que sujete los micros… Si es que ni siquiera me gustan los documentales, con todo ese ambiente falso-realista de gente que se hace la asombrada cuando ve al cámara tocándole la puerta y lo saluda como si no lo conociera: «¡Joey! Qué grata sorpresa. Fíjate qué casualidad que tengo todos los álbumes de fotos familiares aquí preparados y, ¡anda! Justo mi hijo desaparecido me está llamando al móvil». El mundo de la realidad filmada se ha degradado tanto que se ha borrado la línea entre eso y el *reality show*, llegando incluso a tirarse mierda en pantalla y montar *fake* escándalos para ganar repercusión. ¿Qué haces aquí, Ara? Vull anar a casa. Intento mantenerme positiva, va. El café del bar está rico, las tostadas están muy buenas también. Me voy a fumar uno de los cigarros que le robé a José Luis ayer, no me apetece un porro todavía. Si me quedo sin moras ya le quitaré más. De tonto es bueno, como diría mi madre.

Paso todo el día de casa en casa, conociendo —en realidad tratando de reconocer— a mi familia lejana por parte de padre. Mis abuelos fallecieron, mi abuelo murió poco después de mi comunión —a mi madre le dio por ahí ese año, ninguno de mis hermanos la ha hecho, solo yo me comí ese marrón y ni siquiera me llevaron a Eurodisney— y mi abuela hace dos años. Ella siempre decía que desde que murió su marido había sido más feliz que nadie. Se maquillaba en exceso para su edad —incluso a mí me parecía demasiado— y salía de fiesta. En verano me la encontraba por Murcia, en las tascas, tomándose una cerveza de litro mientras enseñaba a los jovenzuelos a jugar al chinchón. Escribí un relato al respecto y en clase hicimos un corto. Y, desde ahí, mi profesora se emperró con el tema. Quiere que explore en este documental la relación que tenía con ella, me recomendó no sé qué de una inmersión en solitario y otras movidas de inspiración. Pero ¿qué hay que explorar? La veía de cuando en cuando, en navidades y poco más, me pellizcaba la mejilla y me metía un billete de veinte euros en el bolsillo de la chaqueta a escondidas de mis padres para que no le echaran la bronca por darme dinero para salir de fiesta. Mi abuela era como todas las abuelas, no sé. Todavía no he empezado y ya me parece absurdo.

Sucina está a medio camino entre La Huerta y el Campo de Cartagena, tiene unos sesenta kilómetros cuadrados de extensión, de los cuales nueve de cada diez partes son campos de cultivo y en el porcentaje restante se acopla un pueblecito de casas viejas. En la que me alojo, la de mis abuelos, dicen que en su momento fue la mejor. Las marujas —entre ellas mi abuela, siempre orgullosa de serlo y habitualmente cabecilla de grupo— se sacaban las mecedoras a la puerta y criticaban a los asistentes de las bodas que se celebraban los domingos en la iglesia, justo enfrente de mi prestigioso alojamiento. Ahora se cae a pedazos y el cartel de «se vende» se ha puesto amarillo del sol. Nadie quiere esta casa, mi padre y sus hermanos son unos cabezotas y no acceden a bajarle el precio tan alto que tiene. Mi madre insiste en que deberían tirarla abajo y vender la tierra por cuatro duros, pero ella no es quién para opinar, porque no es de la familia. En realidad yo no quiero que la tiren, me trae buenos recuerdos de la infancia. Por ejemplo, me acuerdo de la perrita de mi abuela, la Blanqui, una cabrona de cuidado, siempre me pegaba un tirón y se escapaba cuando la sacaba de paseo; y de jugar a la rayuela, mi abuelo se enfadaba porque ensuciaba el suelo del patio y me borraba la tiza con la manguera. También... Hostia, cazar chicharras. Me encantaba hacer eso, pero mis padres nunca me dejaban llevármelas a casa. Hasta de pequeña todo era una de cal y una de arena, acho.

De los mil y algo habitantes de este pueblo, la mitad son familiares míos y la otra mitad sus empleados. Entre mi primo José Luis, el de los tractores, mi prima Rosita, la del bar, y mi prima Loles, agrónoma, tienen estas tierras controladas. Esos tres son hermanos, por parte de mi tata Pepa. Luego está la tata Antonia, que es mi madrina y ya no vive en el pueblo. Pero su hijo Manolo es el dueño de la tienda de comestibles. ¿Tienda de comestibles? No me puedo creer que sigan existiendo sitios así. También vende tabaco y paracetamol. Qué cosas. Y, por último, está mi tío Manu que «se mató», como dicen aquí, en un accidente de moto cuando era joven y es el motivo por el que yo nunca he podido hacer *cross*. Iba borracho como una cuba cuando murió, pero eso nadie lo dice. Solo hablan de lo bueno y trabajador que era. Típico de los pueblos.

Pregunto por mi abuela y todos me cuentan lo mismo: que si hablaba mucho, que si era muy graciosa, que le gustaba la fiesta como a la que más... Eso yo ya lo sé. ¿De verdad no hay más? ¿De veras esa mujer se reducía a tres características básicas? Me reitero: este documental no tiene ningún sentido. Pero ya que estoy aquí, debo seguir explorando. Después de comer en el bar de Rosita subo a la parte alta del pueblo, donde están las casas de los que «tienen más dinero» y pregunto por la hermana de mi abuela, Dolores. Hablo con ella y saco las mismas conclusiones: mi abuela es un personaje plano, vacío, insuficiente para una ficción aunque sea de las malas, una de las de Antena 3 de los domingos por la tarde o, peor, una producción de Tele Cinco. Así que decido cambiarle de tema y le pregunto por su hijo, Joselete. Joselete es mi tío político, es decir, el marido de mi tata Pepa. Pepa y Joselete son primos hermanos, hijos de mi abuela y su hermana Dolores. Las mujeres se pelearon al casarse sus hijos. Cuentan las habladurías del pueblo que el día de la boda mi abuela, al ver bajar a su hija del carro de caballos —aquí las cosas se siguen haciendo así, no es que se casaran hace quinientos años como yo pensaba cuando escuché la historia por primera vez— con el vestido de novia y de la mano de su primo trajeado, se echó a reír y no paró. Sus carcajadas eran tan continuas y estridentes que el cura tuvo que pedirle que saliera de la iglesia y no estuvo presente durante la ceremonia. A todo el mundo le pareció un gesto de mal gusto, mi tata Pepa lloró mucho en su boda, eso me decía mi madre. Qué hija de puta mi abuela, qué gracia. El humor negro lo he heredado de ella, fijo.

Total, que desde ese día Dolores y mi abuela dejaron de hablarse y así estuvieron hasta que esta última murió. Dolores me cuenta en su casa que va mucho al cementerio a cambiarle el agua a las flores y limpiar el panteón de su hermana. Mi abuela se quiso enterrar sola, en Sucina, en vez de en el panteón de su marido en Cartagena. Ole tú. Sincera hasta el final, así era mi abuela. Creo, vamos. Dolores siempre llevó bien que su hijo se casara con una prima hermana. Al menos, lo llevó mejor que mi abuela. Pero sobre eso no le he preguntado porque es el primer día que paso aquí y no quiero que quemen la casa conmigo dentro esta noche. Hay temas delicados en todas las familias. En la mía son este y el grado de alcohol en sangre de mi tito Manu cuando se mató. Dolores me dice que su hijo tiene muchas ganas de hablar conmigo y de salir en el «vídeo ese que estás haciendo pa' los estudios». «El vídeo ese»... Me cago en... En fin. Aguanta, Ara. Dos semanas y hasta nunca la carrera.

Me despido de Dolores diciéndole que al día siguiente pasaré a grabarla junto con su hijo y vuelvo a cruzar el pueblo para llegar a la casa de mis abuelos. Me sorprendo porque la puerta está abierta. Toco, como si el sitio no fuera en parte mío, y mis primos me saludan desde la cocina. Qué pesados son, madre. Un día aquí y no soporto a José Luis. Él y sus hermanas, Loles y Rosita, están sacando unas cervezas y han traído pan. Sí, pan. Porque en los pueblos el pan se come solo, con un poco de sal y tres litros de aceite. Me dicen que lo han traído para mí, para que yo lo pruebe, recién salido del horno de la tienda de comestibles de nuestro primo Manolo, hijo de mi madrina, cuyo nombre fue elegido como homenaje a Manu, el borracho que se mató en la moto. ¿Te vas ubicando, Ara? Esto es más complicado que el temario de Economía de los Medios Audiovisuales, coño. En mi vida normal no como gluten, no me gusta y me parece insano. Pero esto es todo lo lejos de algo normal que puedo estar, así que acepto un trozo de pan. Ellos lo llaman «torta». Me preguntan que si me gusta y les digo que sí. Sabe a pan. Es un puto trozo de pan. ¿Por qué va a gustarme? Lo más seguro es que me provoque una cagalera, después de cuatro años sin probar cereales de secano. ¿Les digo eso? Ara, joder, compórtate. Mis amigos tienen razón en que soy una borde a veces.

Pongo mi mejor cara y me adentro en conversaciones sobre cosas de pueblo. Luego me llueve el interrogatorio acerca de Barcelona, el lesbianismo y la universidad. Los temas ocupan partes iguales del tiempo pero noto un claro mayor interés por el segundo, así que con ese me recreo lo menos posible. No, no tengo novia. Me dejó el año pasado porque se fue de Erasmus y la relación abierta que establecimos no funcionó. Pero eso no se lo voy a contar a mis primos.

A José Luis le falta un «minutico de horno», así es como se dice aquí en Murcia que es tonto del culo. No tengo prejuicios, al menos siempre he pensado que no los tenía, pero hay que ver lo que hace la educación… José Luis y Rosita dejaron los estudios antes de terminar el instituto, Loles llegó a la ingeniería, pero tardó siete años en sacársela. Y luego está Elvira, la cuarta hermana, que solo con el hecho de que no se le ve el pelo por aquí ya se puede intuir que la vida la ha tratado mejor. Trabaja en no sé qué cadena nacional de Inglaterra, estudió allí un máster becada y se quedó después. Ella y mi hermana mayor siempre han sido los «buenos ejemplos» de la familia. Esos por los que los primos pequeños crecimos con una presión añadida en la nuca: la de ponernos a «su altura». Tanto mi hermana como mi prima Elvira son más bajas que yo, pero toda la leche que bebí de pequeña no ha sido suficiente como para cumplir las expectativas familiares. Yo soy la *hippie*, la rebelde. La que estudia cine y es lesbiana. Aunque ese es otro de los temas que no se tocan en la familia. Porque, ¿qué iba a decir la tía abuela Dolores? La pobre ya está mayor para esos disgustos. Sí, mi orientación sexual es un disgusto. Imagínate si se enteraran de lo de mi bro…

Mis primos se van entrada la madrugada y me vuelvo a quedar sola, como la noche anterior, en esta casa del terror. Aunque su compañía no sea lo mejor del mundo, me quitan el miedo que siento aquí dentro. No tengo sueño así que decido ponerme a grabar algunas cosas. Saco la cámara del maletero, enciendo las luces blancas y un par de velas y ruedo por toda la casa, haciendo *travellings* para tener planos recurso —ninguna de las viejas de este pueblo aguanta un primer plano fijo más de quince segundos, necesito material—. Aprovecho mi escudo para armarme de valor y dar una vuelta completa por toda la casa, aún no lo he hecho. El baño está destrozado, la ducha no tiene cortina y los azulejos están podridos. Ya no son azules, sino verdes. Me gustan los colores que aparecen en pantalla. Me tiro un rato captando los mecanismos del váter, con una de esas cisternas de cadena que en cualquier momento se caerá. Me imagino estar cagando por la mañana y morir aplastada por esa cisterna, qué horrible forma de marcharse de este mundo, peor incluso que durmiendo o atragantándose con un hueso de aceituna. Después del baño, entro en la despensa: la colmena de las cucarachas. De allí salen todas. Todavía quedan algunas conservas en lata de cuando mis abuelos vivían aquí hace quince años. Cuando la casa se hizo demasiado grande para los dos y mi abuela dejó de poder ocuparse de la limpieza se mudaron a Cartagena para estar más cerca de mi padre y mi madrina. Desde entonces esta casa quedó deshabitada, o eso creía yo. Por lo visto, mis primos le han estado dando un buen uso. Un uso curioso, en realidad.

Atravieso el pasillo y giro a la izquierda para entrar en la habitación de las muñecas que dan mal rollo. Me recreo en los enfoques y desenfoques, planos en movimiento, zums y panorámicas. Consigo pillar a una cucaracha saliendo del ojo vacío de una de las muñecas. Tal vez el documental no funcione, pero podría grabar una película de terror. Empiezo a imaginarme cosas macabras: «Las muñecas de Sucina», «La casa de la iglesia». Ese *thriller* se vende solo. Tenía que haberlo presentado como proyecto de TFG y haberme traído un equipo a rodar en lugar de hacer esta mierda yo sola. En la habitación contigua a la de las muñecas, en la que todavía no había entrado, encuentro algo que me sorprende. Abro la cajonera de la mesilla como en un acto reflejo y, pum, está llena de preservativos. Hay también un dildo del tamaño de una banana canaria. No lo cojo por si está sucio, pero lo grabo. Y me divierto haciéndolo. Joder con José Luis, a lo mejor no es tan tonto como parece. Voy al salón, sigo grabando. Lo cruzo para entrar en la habitación que me queda por investigar —hay muchos dormitorios en esta casa—. Este último era el cuarto en el que dormía mi abuela. En el que, según las habladurías del pueblo una vez más, se follaba a los amantes que traía a Sucina a escondidas cuando mi abuelo daba su vuelta mensual por la región, con la burra y el carro lleno de telas, para vender su producto. El marido de la modista fue amante de mi abuela durante muchos años, me he enterado hoy hablando con mis primos. Me habría gustado hablar con él, pero murió. Y su mujer no creo que esté dispuesta a contarme nada interesante. De todas formas iré a verla, tal vez tenga algo que aportar.

Desde esta habitación se ve la calle lateral de la casa. Enfrente de la ventana está el patio de la vivienda de Jacinta, prima del primo de yo qué sé quién. Familia, al fin y al cabo, como casi todos en este pueblo. Rosita me ha dicho que era ella quien contaba por ahí lo de los amantes. Mi abuela y Jacinta eran buenas amigas de jóvenes. Pero después, a base de los chismorreos, se pelearon. Cuando mi abuela marchó a Cartagena no le quedaba ni una sola amistad aquí. Y no es de extrañar, porque era una mujer con carácter. Eso no hace falta que me lo diga nadie, lo tengo marcado en la piel de los brazos, de los pellizcos que me daba de pequeña cuando me portaba mal. Llegó incluso a apagarme un cigarro en la palma de la mano una vez. Mi madre y ella discutieron por aquello.

Antes de irme a la cama, cuando ya he apagado la cámara, vuelvo a la habitación en la que he encontrado los preservativos y le doy al interruptor —la primera vez que he entrado no he encendido la luz, se filtraba la del patio por el hueco de la ventana y era suficientemente siniestra—. Esta bombilla es diferente, claramente nueva. José Luis debe haberla cambiado hace poco. Qué cabrón el chaval, viviendo en casa de sus padres pero usando esta para lo que le viene en gana. Ahora tengo curiosidad, ¿con quién se acostará mi primo? ¿Será alguien del pueblo? Apenas hay gente joven por aquí. ¿Se estará tirando a una vieja? Qué asco, Dios. No sé por qué me da por pensar en estas cosas. Tengo curiosidad, así que investigo un poco más en la habitación. Abro el armario, ¡toma ya! Lencería. Qué fuerte. Y de la cara, además. Correas de cuero y todo. Qué mal, huele a cabra muerta. Soy flexitariana y no compro productos de piel animal. La carne que como es por compromiso. Uno de mis propósitos para el año que viene es hacerme vegana al cien por cien. La lencería de cuero está tachadísima en mi vida, vamos. José Luis tiene un arsenal de ropa interior de mujer. Hala... ¿Será travesti? Qué va. Se lo habría notado. El *gaydar* no puede estar más lejos de pitar con mi primo.

De nuevo, como un acto reflejo, después de cerrar el armario, me agacho para ver si hay algo debajo de las camas y me vuelvo a sorprender. Una losa de suelo está levemente levantada. Alumbro con la linterna del móvil y veo que no hay cemento debajo de ese trozo de suelo, sino un agujero en la tierra. Debe tener un tamaño de unos treinta centímetros cuadrados. Me asomo bien y compruebo que no hay nada dentro. ¿Qué hace ahí ese hueco? Entonces recuerdo: José Luis llevaba una bolsa de plástico hoy. Se la ha llevado cuando nos hemos despedido, creo. ¿Habrá cogido algo? ¿Tendrá un escondite secreto? Pero ¿por qué se ha llevado eso y no toda la lencería y esas movidas? Tal vez no le ha dado tiempo a recoger. O ha pensado que no miraría en esa habitación. Puede que simplemente le de igual, o que ni lo haya pensado, qué sé yo. ¿Se habrá llevado algo? ¿Qué escondía mi primo? Fijo que es pasta. ¡Dios! ¿Te imaginas que tenía una caja llena de billetes aquí debajo? Tenía que haber mirado ayer…

El escondite secreto me ha dado un subidón de adrenalina así que aún no puedo irme a dormir. Empiezo a rebuscar por toda la casa, como una loca. Abro los armarios, miro entre los libros de la biblioteca, debajo de todas las camas. Intento levantar algunas losas de suelo pero todas están bien fijas. Solo hay un sitio en el que no puedo echar un ojo: el cuarto de las telas de mi abuelo. Está cerrado con llave y no son horas de ponerse a forcejear. La única ventanita que da al cuarto tiene el cristal tan sucio que no puedo ver a través de él. ¿Dónde mierda estará esa llave? ¿Se habrá llevado eso José Luis? ¿Tiene el cuarto de las telas lleno de dinero? ¿De droga? ¿De armas? No. No habría hecho un agujero de tales dimensiones para esconder una llave. Tal vez no haya nada, solo sea un cuarto viejo lleno de arañas y telares. Me estoy rayando mucho y hace frío. Me voy a ir a sobar. Pero antes voy a hacerme el porro de las buenas noches con la mora del otro cigarro que le he robado hoy a José Luis.

Llevo seis días en Sucina y ya he grabado muchas cosas. En este pueblo no hay ni un maldito sitio con wifi —ni siquiera la casa de mis tíos, viven en el siglo pasado, chaval—, así que me estoy fundiendo los datos. Voy pasando el material a mi ordenador y cortándolo de poco en poco, en los ratos en los que no estoy dando vueltas por ahí con las cámaras. El bar de mi prima Rosita me viene muy bien para las entrevistas. Entre semana muchos trabajadores y empresarios del pueblo comen ahí los menús del día —que, por cierto, están riquísimos. Me estoy pasando el veganismo por el forro, eso sí—. Apenas he recogido información interesante de mi abuela, pero los viejos me cuentan historias sobre la vida en el pueblo y las charlas se hacen amenas. Algunos ya chochean y pierden el hilo, pero eso también está bien. Luego me divierto montando clips.

Una de las vecinas no tiene pelos en la lengua y me habla de los amantes de mi abuela sin tapujos. Dice que ella le contaba cada aventura que tenía al detalle. Hoy por fin me he atrevido a preguntarle por mi tata Pepa y Joselete, su marido-primo. Lo que se ha descojonado la mujer, madre. Mi abuela tenía un libro de chistes sobre el matrimonio incestuoso de su hija y su sobrino. Esta mujer también tiene un humor muy negro, me cae bien. Desde hace un par de días me tomo el café con ella después de comer. Me invita a cigarrillos industriales. Hay gente que solo necesita que le presten un poco de atención para sacar lo mejor que tienen. Este es uno de esos casos. «"¡Y no tienen otra que ponerse a criar como conejos!", decía tu abuela». La mujer llora de la risa y yo me descojono con ella. Me va a costar mucho silenciarme en edición después, tengo que intentar no reírme tanto mientras ella habla. «Y decía que tus primos eran unos raros, no le gustaba ninguno, vamos. Ni Elvira, que mira que es buena moza… Pero nada. Ella solo hablaba de ti. Que si mi Araceli para arriba, mi Araceli para abajo. Todo el día, todo el día». Me entusiasmo con lo que me dice esta mujer y no sé muy bien por qué. Mi abuela y yo no teníamos ningún vínculo estrecho —a pesar de que mi tutora se encabezone con eso—, pero saber que era su nieta favorita me reconforta. Chúpate esa, Elvira. Y tú, Paulita. Ya verás cuando vea el documental mi hermana, seguro que se pica.

No he encontrado la llave, pero ya tengo algo de confianza con la vecina de mi abuela —se llama Marilú, por cierto— así que le pregunto si sabe cómo puedo abrir el cuarto de las telas de la casa. «La llave se la quedó tu primo, decía que quería meter allí algunos trastos». ¡Joder con José Luis! ¿Qué habrá guardado? Necesito averiguarlo.

Mi octava noche en Sucina invito a mi primo a tomar unas cervezas en la casa con la intención de sonsacarle algo. Se trae de nuevo a sus hermanas, que me parecen dos muermos, pero las aguanto con buena cara porque quiero saber qué mierda esconden en el cuarto de las telas de mi abuelo. Me anuncian algo que no esperaba: mañana Elvira viene al pueblo, tiene unos días de vacaciones en el trabajo. Pienso que puede estar bien entrevistarla para el documental. Así también me entero un poco de cómo le va. Al fin y al cabo, las dos nos dedicamos a los medios, pero ella es periodista, puaj.

Emborracho a mis primos y consigo que vayan como cubas, pero en el proceso yo también me pongo pedo. Así que se van como han venido y no saco nada de información. José Luis, en un descuido, se deja la cartera. Aprovecho para cogerla y la investigo. Lleva trescientos pavos en efectivo, ¿quién coño lleva tanto dinero en efectivo encima hoy en día? Parece que aquí no han llegado ni los datáfonos, macho. También lleva una foto de cada una de sus hermanas. Qué raro. Hay que ver lo diferentes que son de nosotros. Estás tú que me meto yo en la cartera una foto de mi hermana, ¿sabes? Como si fuera mi novia o algo. Tiene dos tarjetas de crédito, un DNI, un carné de socio del Murcia —fútbol, cómo no— y preservativos. O este tío no para de follar o no me lo explico. ¿Para qué quiere tantos condones? Con lo feo que es… Sigo teniendo curiosidad por averiguar a quién se folla del pueblo en esta casa. Menos mal que no elegí esa habitación para dormir el primer día. Madre mía, bendita intuición. Y miedo, sobre todo fue cosa del miedo, para qué engañarme.

En estos días me he dado cuenta de que a mi tío Joselete también le falta un hervor. Siempre he querido mucho a mi tata Pepa, pero tampoco es una persona muy avispada.

Han tenido suerte con los hijos, con la mitad al menos. O una cuarta parte, más bien. Porque Loles, aunque más madura, aquí sigue, atrapada en el pueblo. En mi visita a la casa de mis tíos al día siguiente de la borrachera por la mañana, cuando Elvira aún no ha llegado, pongo la excusa de ir al baño para colarme en el cuarto de José Luis, que está trabajando. Mi tía Pepa está preparando la comida y Joselete busca álbumes antiguos de fotos para que los saque en el documental. Tengo por lo menos quince minutos para registrar la habitación. Empiezo por lo más intuitivo creyendo que no voy a encontrar nada: la mesita de noche. Pero aquí está, una llave que cuadra perfectamente con la vieja cerradura del cuarto de las telas. La cojo —qué imbécil mi primo— y me despido de mis tíos. Al llegar a la casa de mis abuelos, me lanzo hacia el patio. Pero entonces, miro a mi alrededor y siento que estoy demasiado expuesta. Desde la calle alguien me podría ver si se asomara por encima del muro. Además, mis primos tienen copia de las llaves, así que pueden aparecer en cualquier momento. Prefiero esperar a la noche, cuando esté segura de que nadie me interrumpirá. Miro la hora, casi lo había olvidado. Me preparo en el viejo salón para la tutoría por Zoom con mi profesora.

Nada más verme, sonríe. Le gusta el sitio en el que estoy. Giro el ordenador para enseñarle un poco la casa y me pregunta que cómo voy. Me sorprendo sonriendo y diciéndole que todo va bien. Mis expectativas han cambiado: me gusta este proyecto, estoy cómoda aquí, en el pueblo. Y el misterio del agujero en el suelo y el cuarto de telas me tiene entretenida. Mi tutora me pregunta que si tengo ya mi clip hablando a cámara y me acuerdo de que eso era lo que tenía que hacer, no conseguía caer en la cuenta de qué tenía pendiente. Le digo que lo estoy editando y me pide que se lo envíe dentro de dos días, así que nada más colgar, me pongo a ello. Me visto con la chupa negra —de falso cuero, yo no compro cuero— y me cambio el pantalón de chándal por unos vaqueros. Me peino un poco y pongo la cámara en el trípode delante de mí. He decidido grabarme en el cuarto de mi abuela, ese en el que se follaba a sus amantes. Odio estar delante de la cámara, soy introvertida para estas cosas. Así que me cuesta un poco arrancar, pero al final lo consigo:

—Vine aquí sin ninguna esperanza y, poco a poco, me he ido dando cuenta de que mi percepción de las cosas era errónea. Otros pueden ver lo que yo, hasta ahora, no había visto: había algo especial entre mi abuela y yo, un vínculo fuera de lo común que es lo que me ha empujado hasta aquí. Indagando sobre ella he descubierto varias cosas, pero lo que más he sentido ha sido lo cerrada que era. Y no me refiero a que no le gustara hablar, de hecho, marujeaba y cotilleaba como la que más aquí en el pueblo —me río y se me empañan un poco los ojos—. Pero solo exteriorizaba lo que era banal. Nunca mostraba del todo sus sentimientos. Y creo que ahí es donde arranca nuestra conexión, porque yo soy igual que ella. Siempre me ha costado mucho sacar de mí hacia los demás. Así que con este proyecto lo que intento es que las dos, mi abuela y yo, nos abramos un poquito.

Qué bonito, le arreglo luz y audio en el Premiere y me lío un porro para celebrarlo. Pasado mañana se lo enviaré a mi profesora junto con un Power Point para el *pitching*. Con un poco de suerte hasta consigo financiación. Qué va, no sueñes, Ara.

Mi abuela también se llamaba Araceli. Una vez, cuando yo era pequeña, me dijo que había decidido no ponerle ese nombre a ninguna de sus hijas —mi tata Pepa y mi madrina Antonia— porque era demasiado bonito para ellas, que estaba esperando a que yo llegara para dármelo a mí. A mí siempre me ha gustado mi nombre, mis amigos dicen que es peculiar y que tiene una sonoridad dulce. Yo también lo creo, suena como a mar y a champú con olor a coco. Eso último me lo dijo mi exnovia una vez y, desde entonces, siempre lo recuerdo cuando alguien me llama.

Ojeo los viejos álbumes de fotos que mi tío me ha dado y escaneo las que más me gustan con el móvil para que se me pasen al ordenador. Hay una de mi abuela de joven en la que sale sonriendo, en sepia, con un vestido de volantes. Las marujas del pueblo me han dicho que he sacado su sonrisa. Abro la foto en el ordenador y parto la pantalla para encender la *webcam*, me miro, miro a mi abuela de joven y sonrío. Sí que es verdad que nos parecemos. Se me escapan un par de lágrimas. Y justo en ese momento, suenan golpes en la puerta.

Mi prima Elvira es lista y maja, pero no muy guapa. Tiene una horrorosa nariz de pelícano y mucha frente. Un flequillo le sentaría bien, pero yo no soy quién para opinar a viva voz sobre su pelo de seta, no hay tanta confianza. La siento en medio del patio y le hago preguntas sobre nuestra abuela. Ella tiene tres o cuatro años más que yo, así que se acuerda de algunas cosas de cuando era muy pequeña que yo no viví. Al cabo de un rato me siento junto a ella, frente a la cámara, y conversamos sobre la familia mientras jugamos a pasarnos una pelota que tenemos aquí desde que éramos niñas. Reímos, yo me fumo un cigarro y ella saca dos cervezas, recordamos cosas que creíamos olvidadas y nos emocionamos al hacerlo. Con ella no lloro, claro. Yo nunca lloro delante de la gente. No porque no quiera, es que no me sale. A ella sí que se le saltan las lágrimas.

Me cae bien mi prima Elvira, lo había olvidado. Me ha gustado volver a verla. Como creo que tenemos bastante complicidad, decido preguntarle sobre el agujero en la habitación del fondo. No menciono los condones ni la lencería, solo quiero ver la cara que pone. Y su respuesta me extraña, sus ojos expresan falsa confusión. Me dice que no sabe de qué le hablo, que debe de ser alguna tontería, que la casa está muy mal construida. Al cabo de unos minutos se despide porque se tiene que marchar, su hermano está a punto de volver de trabajar y todavía no lo ha visto desde que ha llegado. «Mejor no entres mucho en esa habitación, el techo está que se cae», me avisa antes de irse. Es curioso porque esa es la única sala en la que no hay una sola grieta en las paredes. La mención a José Luis me recuerda que tengo que mirar en el cuarto de las telas.

Cuando Elvira se va ya es de noche, así que me lanzo hacia la habitación con la llave en el bolsillo y consigo abrir a la primera. Deslizo la puerta con lentitud y apunto con la linterna del móvil para protegerme de las adversidades con las que me puedo topar dentro. Y no erro en creer que hay peligro, pues todo lo que encuentro en el interior del cuarto de las telas es, como poco, espeluznante. Vuelvo al salón y cojo mi cámara a toda prisa. La saco y hago muchas fotos con *flash*. Una camilla, sedantes, rollos de papel, artefactos raros de metal, ... Los preservativos y la lencería son una cosa, pero esto me empieza a asustar. También hay una caja, en el centro de la habitación. Parece estar esperándome, pero yo no sé si tengo el valor suficiente para abrirla. Analizo sus dimensiones y me detengo a mirar los bordes: están manchados de tierra. Esa es la caja que se escondía debajo del suelo en la habitación de los condones. ¿Por qué la sacaron de ahí para meterla en este otro sitio? ¿Creyó mi primo que estaría más segura en este cuarto bajo llave? ¿Entró en la casa en un rato en el que yo no estaba para meterla aquí? Todo parece muy meditado, pero su gran error fue no caer en la cuenta de que yo también podía entrar en su casa y acabaría encontrando la llave. ¿De verdad ha hecho mi primo todo esto? ¿Qué coño le pasa en la cabeza? ¿Está loco? ¿Es un puto psicópata? Me acuerdo del primer día, cuando tocó a la puerta. Oh, Dios... Tenía razón sobre él.

Finalmente me abalanzo sobre la caja y trato de convencerme de que no pasa nada, debe haber alguna buena explicación. Tal vez toda esa clínica casera tiene algún motivo que yo desconozco relacionado con un negocio familiar. A lo mejor ahí desguazan a los pollos que se comen luego o yo qué sé.

Pero lo que veo desaprueba mi hipótesis. En la caja hay un esqueleto. Es el esqueleto de un feto humano diminuto.

Trato de enfocar con la cámara pero me tiemblan las manos y no lo consigo. Entonces, escucho el forcejeo de la cerradura de la puerta principal, seguido del característico chirrido. Cierro la caja y la dejo en el sitio exacto en el que estaba, echo la llave del cuarto de las telas y salto el muro para salir de la casa. Escucho la voz de José Luis llamándome desde el patio mientras corro hasta la casa de mis tíos. Allí, pido ir al baño, diciendo que se ha roto la cadena del mío. Entro en el cuarto de José Luis y dejo la llave en su sitio. La cajonera estaba abierta, se había dado cuenta de que alguien la había cogido. Me tiembla todo el cuerpo de pensar que habría sido capaz de matarme. No puede ser, Ara, no puede ser. Es tu primo —«Mi primo», puf, qué tiricia. Esto sí que da un mal rollo que te cagas—. No entiendo absolutamente nada. Siento una terrible necesidad de salir corriendo, pero no puedo. Así que regreso a la casa de mis abuelos con la mayor naturalidad que puedo fingir y le digo a mi primo, que me está esperando con una cerveza, que he salido a hacer algunos planos.

Tengo un plan. He pensado mucho y ahora tengo un plan. No he dormido nada en los últimos dos días, desde que abrí el cuarto de las telas. He seguido interrogando a los pueblerinos y recabando información sobre mi abuela.

A cada entrevistado trataba de sonsacarle acerca de la familia de mi tata Pepa. Al fin y al cabo, presuponer que José Luis es el dueño de ese cuarto de los horrores no es una hipótesis fiable. Todos los convivientes de esa familia tienen acceso a la casa de mis abuelos. Me cuesta creer, no obstante, que Rosita o Loles, con lo ingenuas y torpes que parecen, tengan algo que ver. En los ojos de José Luis sí que presiento algo extraño. Pero mis sensaciones ya no son fiables, estoy condicionada por lo que encontré.

Empecé a llevar a cabo mi plan ayer, en la segunda noche de insomnio. Coloqué las tres cámaras que había traído y los micrófonos en distintos puntos de la casa, estratégicamente escondidos de forma que podía verlo y escucharlo todo, pero nadie podría verme ni saber que yo estaría ahí. Me sentí como una espía y me dio otro subidón de adrenalina que me vino muy bien, porque después de casi cuarenta y ocho horas de vigilia mi cuerpo estaba a punto de caer rendido.

Hoy me tomo tres cafés y les digo a mis familiares que voy a pasar dos días en Cartagena, entrevistando a mi madrina y a mi padre. Mi tata Pepa me da tres tortas de pan y me dice que se las lleve a mi madrina, así que, si quiero que mi coartada funcione, tendré que pasar por allí y hacer el paripé. Mi tío Joselete me ayuda a arrancar el huevito, la batería vuelve a no ir. Una vez pongo el coche en marcha, salgo de Sucina y me meto en la autovía para llegar más rápido a Cartagena —ahora que se me ha acabado la maría— y, ¿adivina? Me para un control.

Sorteo el control con éxito, aparco el coche cerca del puerto, en las putas, y enciendo el ordenador. Me meto en la aplicación de las cámaras y mi pantalla se parte en tres. Veo y escucho en directo la casa de Sucina desde tres ángulos que, a la vez, estoy grabando. Al ver que aún no hay movimiento, decido hacer mi función de coartada y subo a casa de mi madrina a darle el pan y charlar un rato. Me pregunta que por qué no me he traído las cámaras y me invento una excusa que no logro recordar, igual que nada de la conversación, porque estaba demasiado nerviosa. Es una lástima porque me gusta mucho pasar tiempo con mi madrina y me siento culpable, hace muchísimo que no le hago una visita decente.

Al cabo de media hora consigo salir de allí y vuelvo disparada al coche, pero aún no está pasando nada. La casa está vacía y en silencio. No puedo mantener mis párpados abiertos un segundo más y me quedo dormida, sentada en el asiento del copiloto con el coche arrancado.

No sé cuánto tiempo pasa hasta que me despierta un golpe. Es la puerta de la casa de Sucina abriéndose, menos mal que había puesto el sonido a tope en mi ordenador. Veo a José Luis entrar y, mientras lo observo, me ubico en mi situación: ya es de noche, me he tirado por lo menos cuatro horas durmiendo. Reviso las grabaciones para ver si José Luis —o alguien— ha entrado antes en la casa, pero no. Esta es la primera vez.

Mi primo atraviesa el pasillo, sale por el patio y se para frente al cuarto de las telas. Abre la puerta y entra, observa su alrededor, se agacha, abre la caja y la vuelve a cerrar. Después, sale y echa la llave. Va a la cocina y se saca una cerveza. En ese momento, veo que alguien más abre la puerta principal por otra de las cámaras. José Luis la saluda y le ofrece una cerveza, es Elvira. Se sientan en el salón y conversan, José Luis se fuma un cigarro. Hablan sobre banalidades, nada importante, y empiezo a pensar que tal vez he exagerado. No sé quién es ese bebé, pero cada persona tiene su forma de llevar el duelo, ¿no? ¿Un hijo fallido con alguna novia de José Luis? Podría ser cualquier cosa, una forma de sensibilidad diferente que…

No. Es que no puedo convencerme de que todo esto es normal. ¿Quién entierra un puto feto debajo de la cama en la que folla?

Mis primos siguen hablando y yo maldigo la baja calidad de mis cámaras por la noche. Ojalá pudiera activar el *flash* sin ser delatada… Amplío la imagen de la cámara con la que tengo mejor visión de la escena y me fijo concienzudamente. José Luis se rasca la entrepierna. Qué vulgar es… Delante de su herma… No. Espera.

No se estaba rascando la entrepierna.

Amplío un poco más y, cuando veo lo que está ocurriendo, me aseguro de nuevo de que estoy grabando lo que las cámaras captan en directo.

José Luis y Elvira entran en la habitación de los preservativos. José Luis termina de desabrocharse el cinturón, se baja los pantalones hasta los gemelos y se sienta sobre la cama. Su hermana se pone de rodillas en el suelo y empieza a comerle la polla. En esa habitación tengo alta definición de cámara porque la luz que ha puesto mi primo es muy buena. Veo a mi prima Elvira chupándole la polla a José Luis y la cara de gusto de él. Escucho sus gemidos. No puedo apartar la mirada, aunque querría. Qué curioso, ¿por qué no puedo apartar la mirada? Siento mis ojos paralizados.

José Luis se incorpora y Elvira lo imita. Después, ella se levanta la falda y se tumba bocabajo sobre la cama. José Luis abre la cajonera de la mesilla y saca un preservativo, pero Elvira lo detiene:

—No.

—Elvira…

—Por detrás.

José Luis hace un sonido asqueroso y se tumba encima de su hermana. Veo como le mete la polla por el culo y ella grita. La escuchó decir: «Fóllame, hermanito», no aguanto más y silencio el micro. Pero me aseguro de que el sonido se está grabando, aunque yo no tenga que pasar por el suplicio de escucharlo.

José Luis se corre y, después, se levanta. Elvira se sienta sobre la cama, se sube las bragas y se recoloca la falda. Veo cómo se besan a lametazos. José Luis le desabrocha la camisa a Elvira y se mete una de sus tetas en la boca. La chupa como si fuera un biberón, la lame, la muerde, la restriega por toda su cara. Ella suspira excitada.

La escena ha terminado y están en el salón. Sentados el uno junto al otro, cerca pero sin tocarse. Vuelvo a encender los micros:

—¿Crees que lo ha visto?

—No lo sé, por un momento pensé que sí que había cogido la llave. Pero luego, volvía a estar en su sitio.

Oh, Dios. Si Elvira lo sabe… Eso quiere decir que…

—Mamá dice que deberíamos enterrarlo donde el Navío. Allí nunca lo van a encontrar. Loles puede hacerlo sin que se dé cuenta.

—¿Crees que ya ha pasado suficiente tiempo? ¿Que hemos cumplido nuestro castigo?

Elvira le da un beso en los labios a José Luis.

Apago el ordenador y quito la llave de la toma de contacto del coche. Me mantengo en silencio, en la penumbra, en un barrio un poco chungo del centro de Cartagena. A mi alrededor, la gente camina tranquila y feliz, sin saber el tipo de personas con las que comparten el mundo.

Mis primos se follaban, su madre lo sabía, Elvira se quedó embarazada. Practicaron un aborto en casa y enterraron al bebé bajo su cama. Y después, siguieron follando. Follando sobre el error que un día cometieron, para no volver a caer en él. Para nunca olvidarlo.

Noto un cosquilleo en mi barriga y mis labios se arquean esbozando una mueca inapropiada.

Eso me hace pensar…

Mi abuela se habría reído.

Azul

Mis amigues de Madrid siempre dicen que morirán aquí. La ciudad les tiene camelades. Algunes de elles son especímenes extraños, de esos que no tienen pueblo: criade y crecide en la Capital, con mayúsculas, envejecide y muerte allí, promesa patriótica. Yo no soy une de eses. Yo nací en la Región de Murcia, a las afueras de una ciudad. Durante mi infancia podía ir sole andando al chino y mi padre me daba monedas de céntimo para comprarme chuches. Aquellos fueron otros tiempos. No sé decir si buenos o malos, pero peores que los que ahora vivo, *that's for sure*. Por muchas adversidades que traiga la vida adulta, tener una identidad propia fuerte y bien construida aumenta el valor de las épocas que se viven con esta. Hace tres años me cambié el nombre y desde entonces hay pocas cosas que me derrumben. Cuando me agobio miro al cielo y le guiño un ojo. Si me estreso, me tatúo otro código de color en la piel, casi he terminado mi arcoíris de QR.

Llevo estos tres *blue years* en Madrid, estudié fotografía de moda en una escuela privada que casi me cuesta literalmente un riñón, porque cuando le dije a mi padre lo que tenía que pagar por ella tenía un cuchillo carnicero en la mano y muchas ganas de clavármelo. No soy le favorite de mi casa, no voy a engañarme. Siempre fue Paulita, hasta que cumplió los veintinueve y se empadronó en el paro. Ara y yo pasamos desapercibides. Lo cual está bien, porque siempre hemos hecho lo que nos ha dado la gana. Pero ambes dependemos aún de los ingresos de papá, así que seguiremos estando jodides hasta que consigamos sacar pasta de alguna parte. No tengo esperanzas en que sea pronto, la verdad. Pero bueno, ¿qué hago? Yo no he venido aquí para hablar de mi hermana, señor agente —eso último era una broma, sonaba *funnier* en mi cabeza—.

En primero conocí a une chique guapísime. Me pareció le chique más guape del mundo y me le llevé a la cama. A la mañana siguiente, nos despedimos sin la intención de volver a vernos. Al cabo de un par de findes volví a salir a la misma discoteca y, bum, ahí estaba otra vez. Me acerqué a saludarle al final de la noche, cuando vi que elle no iba a tomar la iniciativa. Le di dos besos y le noté confundide. Parecía no haberme reconocido. Le dije que habíamos follado unas semanas atrás y se hizo le despistade, o eso me pareció. Luego me dio otro nombre, lo que terminó de descolocarme por completo. Pero aun así me le llevé de nuevo a la cama, porque era muy guape. Y la mañana siguiente fue distinta a la anterior que habíamos pasado juntes: cuando me desperté, había traído churros. Comimos en la cama de mi habitación y luego me pidió el número de teléfono. Me dijo que le gustaría quedar conmigo al día siguiente y me dio un beso antes de marcharse. Me quedé tan desconcertade que me adelanté a abrirle por Instagram y le pedí que nos viéramos esa misma tarde. Me contestó que no podía porque tenía que ir a misa. Sí, a misa. No podía estar flipando más.

Al día siguiente nos vimos en el Retiro. Le inquirí para saber si cada noche que salía le daba un nombre diferente a su cita y me preguntó qué nombre me había dado la primera vez. Se lo dije: «Álex» y empezó a reírse.

—Ese no era yo.

—¿Y qué era? ¿Un alter ego? Venga ya. Eres demasiado reconocible, con ese pedazo de lunar en la barriga.

Álex —o no Álex— tenía una mancha del tamaño de un puño a la derecha del ombligo. Lo tenía la primera vez que nos acostamos y también la segunda, por lo que yo estaba convencide de que trataba de tomarme el pelo. Pero no, resultó que Álex no era Álex, sino Ron, tal y como me había dicho la segunda noche. Sacó su móvil y me enseñó una fotografía que podría haber sido perfectamente un montaje para mi clase de creatividad. En ella aparecían un matrimonio y cuatro clones, Ron, Álex y sus dos hermanos. Eran cuatrillices idéntiques y todes, además, con la misma gigantesca marca a la derecha del ombligo. Después de aclarar eso le pregunté por la misa a la que había asistido el día anterior y me explicó que su familia era muy católica. Me enseñó otra imagen en la que salía el mismo matrimonio, les cuatrillices y por lo menos cinco chavales más, el resto de sus hermanos y hermanas. Resulta que Ron y Álex eran de tercer apellido Argüello, descendientes del fundador del movimiento neocatecumenal en Madrid en los sesenta. Eran kikos, muy fuerte, yo no conocía a ningune. También eran de esos especímenes raros que no tienen pueblo, lo que me

75

pareció menos sorprendente, pero aun así curioso. Me enteré ese día de que el pronombre de Ron era «él» y no se identificaba como no binarie, al contrario de Álex. Ron, además, era gay, recién salidito del armario. Lo noté la noche que pasamos juntos, no voy a mentir, pero no pasa nada. El sexo tiene muchas formas y colores, tantas como personas que lo practican hay, así lo pienso yo. Por otro lado, todo es cuestión de preferencias. Y la noche con Álex me gustó más. Así que empecé a seguir a le hermane de mi cita en redes.

Durante meses establecí un magnífico juego del que me vi obligado a hacer cómplices a mis amigues más cercanes. Ron era mi novio, quedábamos varias veces a la semana para ir al cine o a cenar. Follábamos de cuando en cuando, le fui enseñando cosas. Y luego estaba Álex, fríe y distante, movide solo por su propio interés: el de follarme. Y eso hacíamos. Sexo, sexo, sexo y más sexo. Lo llamaba, venía, me follaba y se marchaba. Y, al rato, Ron me traía churros. Era perfecto. Al cabo de un tiempo de esa relación doble tuve que contárselo a mis amigues porque Álex se fue acercando, con pies de plomo, a mí.

—¿Por qué no salimos con tu grupo este viernes?

Claro, yo ya le había presentado a Ron a mis amigues, así que estes quedarían algo extrañades si hubiera repetido el proceso con una persona idéntica que habría actuado como si no les conociese. Se lo conté a algunes de les más íntimes y organizamos una salida. Todes se portaron estupendamente, interpretando sus papeles a la perfección, el mundo *queer* está lleno de diamantes en bruto.

El juego me duró mucho tiempo porque charlando con Ron en las primeras semanas de noviazgo este me contó que apenas hablaba con sus hermanes, mucho menos de temas como el sexo o el amor. Álex y él no sabían que merodeaban por los mismos garitos, ni que se interesaban por el mismo tipo de personas. Por no saber, ni siquiera antes de conocerme intuían la orientación de género o sexual le une del otro. Y por eso yo pude tenerlo todo durante un tiempo. No soy male, mi idea no era mantenerme así, jugando con dos vidas, para siempre. Tan solo me di un tiempo para tomar la difícil decisión. La ternura de Ron me tocaba la patata, pero le faltaba furor, brutalidad. Traté de inculcársela y, con horas de esfuerzo, lo volví perfecto, tal y como lo quería. Por otro lado, Álex era borde, interesade, serie y un poco gilipollas. Y me encantaba, me volvía loque. No podía dejar de pensar en elle. Así que a los seis o siete meses dejé a Ron —lo sé, *too much*, pero qué divertido fue—. De todas maneras llegaba el verano y yo marchaba de Madrid, como todas las personas que tienen pueblo aunque vivan allí. El momento de dejar a Ron fue horrible, el día anterior me había ofrecido presentarme oficialmente a su familia, salir del armario conmigo. Obviamente, yo no podía dejar que eso pasara, se me habría visto el plumero que lo flipas. Por lo tanto, lo dejé y el pobre acabó destrozado. O eso creí yo, porque al cabo de un mes empezó a subir fotos a su Instagram con un chico. Conmigo nunca subió una foto, decía que tenía miedo de que algún familiar se chivara a sus padres. Y, sin embargo, con este chico subía de todo. Incluso algún vídeo fue censurado por contenido explícito, fíjate lo que te digo, muy *crazy*.

Después del verano, cuando entré en mi segundo año en Madrid, empecé a merodear por la discoteca de siempre, Antídoto, mi antro sagrado, al igual que el de la mitad de los maricones de esta ciudad, el sitio donde vi a Álex por primera vez. No me había contestado a los mensajes en todas las vacaciones. Auto-excusándome con las ganas acumuladas de salir de mariconeo, pasé allí al menos cinco o seis noches de viernes y sábados y no le encontré. Pensé que era la oportunidad perfecta para olvidarme de elle y de Ron, así que traté de pasar página y busqué nuevas presas de interés que llevarme a la cama. Pero me sentía vacíe, no podía sacarme a Álex de la cabeza, como si se hubiera asentado en mis entrañas, como si ese extraño rollo puntual hubiera sido amor. Así que no tuve más remedio que llamar a su hermano Ron. Ahora que lo pienso en frío, veo que soy una persona impulsiva. Pero ahí está la magia de la vida, creo yo. Sin drama no hay tristeza y, sin tristeza, no se puede distinguir la alegría. Todo se vuelve «Sin más». Podría haber aguantado, no correr a la primera de cambio de vuelta al ruedo. Pero decidí no hacerlo.

Ron y yo quedamos de nuevo en el Retiro, al igual que el día que me puso al tanto de su situación familiar. Le conté parte de la verdad: le dije que su hermane siempre me había llamado la atención. También le solté alguna mentira, como que tendía a sentir una atracción mayor por les chiques no binaries. Y, aunque resentido y de mala gana, Ron al final me contó:

—Mi hermane está en un reformatorio eclesiástico.

—¿*What*?

—Mi padre le pilló haciéndole una paja a un socorrista este verano en la caseta de la playa en la que veraneamos y al día siguiente vinieron a llevársele. Pero no te preocupes, ha pasado antes. Volverá.

—¿Ya se le han llevado alguna vez?

—No, a elle no. Conocemos casos de otras familias.

—¿Familias de kikos?

—Sí. Bueno, de nuestro grupo. Hay varias ramas, por decirlo de alguna forma.

—¿Y cuándo volverá?

—Depende de cómo se porte allí. Conociéndole yo te diría que esperes sentade.

Esa noche, Ron y yo nos tomamos unas cervezas en un bar y acabamos follando en mi apartamento. Había mejorado indudablemente desde la última vez, su nueva pareja había hecho un buen trabajo. No lo dejó, tampoco creo que se lo contara. Al día siguiente ya estaban subiendo fotos juntos, como si nada. Y yo volví a echar de menos a Álex.

Empecé a provocar a Ron por WhatsApp y conseguí que me pasara vídeos tocándose. Cuando lo veía podía imaginar sin ningún esfuerzo que era Álex y, así, me corría sobre la pantalla de mi móvil casi cada noche. Pero Ron empezó a sentirse culpable y un día, después de discutir por algo de los vídeos, me bloqueó.

No me gusta admitirlo, pero es verdad: me obsesioné. Empecé a *stalkear* a los hermanos y hermanas de Álex y Ron, tanto los otros dos cuatrillizos como el resto. Pasaban los meses y no había ni rastro de Álex, sus cuentas de redes sociales estaban muertas, desaparecidas. Conforme más intentaba dejarlo estar, peor me sentía. No todo era debido a la indudable atracción que yo sentía por Álex, había algo en esa familia que me persuadía también, tenía una terrible curiosidad.

A pesar de las insistencias de mis amigues en que pasara página de una maldita vez, me dediqué a informarme cual detective privado e historiador y comenté con mi profesor de las prácticas la curiosa situación familiar. Había algo estético en todo aquello que no me podía sacar de la cabeza: las gigantes marcas que tenían les cuatrillices, esos círculos casi perfectos color negro a la derecha del ombligo. Con el respaldo de mi profesor, me animé a retomar el bicheo de la familia y encontré una víctima, un viaducto más bien, para mi intención: una de las hermanas de les cuatrillices estaba en un taller de interpretación en una pequeña escuela de teatro que yo conocía. Era una de estas bellezas exóticas que a mí me gusta determinar como fea. Pero le ofrecí hacerle una sesión de fotos, algo que nadie nunca le había ofrecido antes, por supuesto. Y aceptó.

Quedé con ella a solas en el estudio de mi escuela y preparé sin mucho esmero una iluminación básica y unos pocos estilismos para hacerle fotos en un fondo blanco. Cuando llegó, me presenté y le dije mi pronombre, pero hizo caso omiso del mismo y se estuvo refiriendo a mí como un chico toda la tarde —lógicamente no me enfadé, no voy a ser yo un tiquismiquis de la identidad, sería contradictorio a la filosofía del colectivo. Que cada cual actúe y se manifieste conforme a sus posibilidades—. Puse música y empecé a hacer lo que yo sé hacer, sacándole el mayor partido que se le podía sacar a ese esperpento —*no ofense*, eh—. Para cambiarse de conjunto, se iba al baño. No me pareció extraño, porque no era modelo, pero la gente que yo fotografiaba acostumbraba a no tener mucho pudor respecto a los desnudos. Como había intuido que eso podría pasar —*I'm a smart bitch*—, mi último *outfit* estaba pensado para cumplir mi objetivo. Pero la chica, al volver del baño para ese último *look*, no llevaba puesto el top:

—No me puedo poner este, lo siento. Pero yo creo que ya está bien, ¿no? Hay fotos de sobra.

—Buah, tía, es que este top justo es de une amigue diseñadore que me ha pedido el favor... —completamente falso, me había costado dos euros en el Primark— ¿No puedes ponértelo un momento y te hago un par de fotos?

—No, lo siento —hablaba de pronto mucho más fría que hasta entonces—, este no. Si tienes otra cosa de tu amigo —no entendía esto de los pronombres, no— me lo pongo sin problemas.

—Venga, tía, hazme el favor. Que me dejas súper colgade si no...

—Lo siento, Azul. Gracias por todo, me ha encantado hacer la sesión. Voy a cambiarme y me voy, que tengo que llegar a casa pronto. Ya me dices algo cuando tengas las fotos editadas.

La chica salió del estudio para volver al baño y no me lo pensé dos veces. La seguí, *of course*, porque tenía una intuición extraña que, al mirar por la puerta entrecerrada de los aseos, se confirmó. La hermana de Ron y Álex también tenía una mancha, pero era distinta: cuadrada, más pequeña y localizada debajo del ombligo, no a la derecha. No eran manchas, eran marcas. Pero no podía demostrarlo ni había sido capaz de encontrar nada al respecto en internet.

Tuve que pasar un par de tardes encerrade en casa, editando las fotos de la modelo más antiestética con la que trabajaría jamás, para poder ponerme al día con el curro que me mandaban en el curso. Terminábamos ese año y estábamos todes hasta el culo de trabajo, de sesión en sesión o editando como loques. No obstante, me sobraba el tiempo suficiente como para seguir obsesionándome con la familia de mi todavía desaparecide Álex.

Antes de contar lo siguiente quiero recalcar que no tengo problemas mentales de ningún tipo, ni filias raras, ni fetiches. Soy une chique perfectamente estable y en su sano juicio.

Al cabo de dos semanas, después de la sesión con la hermana de Álex y Ron, fui al Colegio Montealto, del Opus Dei. El grupo del Camino Neocatecumenal, aunque crecía exponencialmente, aún no tenía ningún colegio, al contrario que otros grupos de ideología ultracatólica. Todos ellos formaban una extraña comunidad, según pude ir descubriendo en mis investigaciones al respecto; se conocían y compartían algunas fiestas y tradiciones. Mis sesiones experimentales de clase empezaron a mostrar ciertos reflejos de la religión y burlas hacia el catolicismo, «un corte de mangas a Dios», según decían algunos de mis profesores. Álex me obsesionó y, por eso, una tarde hice lo que hice. Me colé en el colegio Montealto cinco minutos antes de la hora del recreo de los niños de primero de primaria. Intercepté a uno de ellos y le ofrecí un caramelo a cambio de que me acompañara al baño. Sí, como si fuera un puto pederasta. Pero, lógicamente, no tenía ningún interés sexual. Vuelvo a recalcarlo: no soy une enferme. El niño se llamaba Jorge, saber su nombre me ayudó a ganarme su confianza, benditas redes, bendita inconsciencia de los padres que no entienden a lo que exponen a sus hijos al usarlas.

Una vez en los aseos del colegio era consciente de que disponía de apenas cinco minutos antes de que empezaran a echarle en falta, así que le levanté la camiseta. No tenía nada, ninguna marca. Tuve la tentación de bajarle los pantalones para comprobar que no se escondía debajo de estos, pero me retuve, estaba yendo demasiado lejos. Cuando me dispuse a marchar, después de bajarle la camiseta y volver a metérsela por la cinturilla del uniforme, Jorge me detuvo:

—Yo aún no tengo símbolo, ¿eso es lo que buscas? —Me di la vuelta y lo observé perpleje. Me agaché de nuevo para ponerme a su altura—. Pero el verano que viene ya voy al campamento.

—¿Qué campamento, Jorgito?

—Al que van mis hermanos siempre. Papá y mamá dicen que es muy divertido. Vamos todos los del Camino cuando nos hacemos mayores. Yo el año que viene ya soy mayor.

—¿Los del Camino Neocatecumenal? ¿Es ahí donde os ponen esas marcas que llevan tus hermanos?

—No, los del Camino a la Pureza, toda la familia se reúne ahí. Mi hermano Alejandro ha estado con ellos ahora.

—¿Sabes dónde es el campamento, Jorgito?

Escuché una profesora en el pasillo llamando al niño y lo obligué a salir del baño, no le dio tiempo a responder. Yo salté por la ventana y salí del colegio a toda prisa. Cogí el metro para llegar a mi apartamento y me lancé hacia el ordenador. El Camino a la Pureza no aparecía en ninguna parte. ¿Qué coño era eso? ¿Un despliegue de la ideología ultracatólica más radical aún? ¿Qué harían en el campamento? ¿Por qué los marcaban? En mitad de mi confusión, me llegó un WhatsApp:

«Hola».

Era Álex. Traté de actuar con normalidad, algo que no me había caracterizado precisamente en los últimos meses.

«Hombreeeeee. Mira quién ha regresado de entre los muertos —emoticono de calavera y carita con los ojos mirando hacia arriba—».

«—*Sticker* de Homer Simpson desapareciendo en un arbusto— Kedamos?».

¿Que cómo podía gustarme alguien que usara la «K» escribiendo? Pues no lo sé.

«—*Sticker* de la Rana Gustavo tirado en medio de un montón de botellas de alcohol— ¿Mañana en mi casa?».

«O.K.».

Sí, Álex era une rancie. Y, aun así, los nervios de verle me estaban comiendo por dentro. Tuve que hacerme un *duermebien* esa noche y, aun así, no conseguí coger el sueño. El chupito de ginebra tampoco me ayudó.

Álex llegó a mi apartamento al día siguiente con una botella de tequila sobre las diez de la noche. Nos tragamos tres o cuatro *shots* en silencio y, después, me besó. Al llegar a mi habitación, apagó las luces.

—¿Por qué apagas? No te veo.

—Mejor así hoy.

—¿Por qué?

—Mejor así.

Le permití creer que se había salido con la suya hasta que estuvo completamente desnude. Entonces, pulsé el interruptor. No le dio tiempo a taparse y, cuando vio que ya era tarde, dejó de intentarlo. Yo no daba crédito: Álex tenía otra marca, esta vez a la izquierda del ombligo, triangular.

—¿Qué pasa? —me dijo burlone, como riéndose de mí—. ¿No te gustan mis *tattoos* o qué?

—¿O sea que os dejan haceros *tattoos* en el reformatorio ultracatólico?

Álex se puso serie y se tapó los genitales con mi almohada. Me miró tan fijamente que creí que sería capaz de atravesarme el cerebro con la rabia que proyectaban sus grandes ojos y hacer que entrara en un coma eterno.

—¿Y tú cómo coño sabes eso? —Hizo una breve pausa, no tuvo que reflexionarlo demasiado—: ¿Ron? Joder… Qué hijo de puta.

—No solo Ron. He investigado —Me ahorré decirle que me había colado en el colegio de su hermano pequeño para levantarle la camiseta y que le había hecho una sesión de fotos a su hermana. El ambiente estaba suficientemente tenso—. ¿Por qué no me dijiste dónde estabas? Sé que tenías el móvil contigo. ¿Qué creías? ¿Que te iba a juzgar?

—No te hablé porque no me dio la gana, Azul. Me da igual lo que pienses de mí.

—¿Y qué pasa? Que volvemos al principio, ¿no? Después de todo lo que hemos pasado juntos, de todo este tiempo, vuelves a llamarme solo porque te interesa echar un polvo. Pues paso de ser tu destape, ahí te quedas con tus ganas acumuladas.

—No he venido por el sexo, no tengo necesidad.

Lo dijo casi en un susurro y sonrió amargamente. Yo le lancé la ropa a la cara, me puse unos calzoncillos y salí de la habitación. En el salón, cogí un cigarro de su paquete y me lo fumé junto a la ventana. Mis compañeres de piso habían salido de fiesta, Álex y yo estábamos soles. Al cabo de unos minutos, le escuché acercándose. Cogió uno de sus cigarrillos y se apoyó en la pared a mi lado.

—Me gustas, Azul. Pero te recomiendo que no te metas en mi vida. Cuanto más tiempo pases a mi lado, peor será para ti.

—¿Qué pasa? ¿Me tatuarían una figura geométrica sosa a mí también? ¿Me intentarían comer el coco para que volviera a creer que Dios existe? Sin ofender a tu familia, pero ¿de verdad me crees tan iluse?

—Mi hermano te ofreció salir del armario contigo justo antes de que cortarais, ¿verdad? —No pude evitar manifestar mi sorpresa, había cuidado minuciosamente que Ron y Álex no se enteraran de que había mantenido relaciones con elles simultáneamente. Pero Álex era inteligente, qué astute era. Asentí, ya no iba a tratar de ocultarle nada—. Ron no es como yo, Azul, es como mi familia.

—¿Qué intentas ahora? ¿Ponerme a tu hermano en contra? Venga ya, Álex.

—No, intento explicarte lo que… Bueno, lo que son.

—Soy de pueblo e hice la catequesis, Álex —a mi madre le dio por ahí, por suerte se le pasó antes de que tuviera que hacer el paripé vestido de marinero, mi hermana Ara sí que pasó por el suplicio de la comunión, pobre, qué fotos más humillantes. A día de hoy siguen siendo mi herramienta principal para hacerle chantaje cuando quiero que me deje el coche—, creo que entiendo lo que es un Kiko.

—No solo son kikos. Eso es como… Como una tapadera. Y lo sabes. Porque has investigado y sabes que los kikos no llevan esto —se señaló las marcas del estómago—. En mi comunidad, bueno, se trata de reclutar a gente. Ron quería hacer eso contigo. Y, cuando reclutas, asciendes. Aunque hay otras formas de ascender también.

—Mira, Álex, déjate de rollos y háblame claro o vete de aquí.

—No puedo decirte más, Azul.

—Pues eso te deja una única opción. No me escribas más.

Álex apagó la colilla en el cenicero de la ventana y se puso la chaqueta. Antes de salir por la puerta ya abierta de mi apartamento, me advirtió:

—Al menos hazme caso en esto, Azul: aléjate de ellos. No le mandes las fotos a mi hermana y no vuelvas a hablar con Ron. Espero que no le dieras tu nombre a Jorgito y, si lo hiciste, reza porque se le haya olvidado. No aceptes invitaciones a casa y, sobre todo, deja de *googlear* el Camino a la Pureza en buscadores públicos. El novio de Ron no ha caído, sé que volverá a por ti. No te acerques, que no te pueda la curiosidad. Te aviso porque te quiero, Azul.

Se marchó. Después de haberme confesado que me quería, se marchó. Con la intención, además, de no volver a verme. Me acurruqué en la cama con la botella de tequila entre los brazos y lloré, más de frustración que por el dolor, durante horas.

Mi trabajo final de segundo se tituló «*Fuck off* y amén» y en él expuse toda la rabia que sentía hacia Álex. Saqué una matrícula de honor y me becaron para el máster de mi escuela. Ese verano no me fui a Murcia, mi novia y yo hicimos un viaje —empecé a salir con una chica trans y bi que me caía de puta madre—.

Por supuesto que no había olvidado a Álex. No había día que no me acordara de elle.

Después del viaje aún quedaba una semana para empezar el curso y mi novia decidió pasar unos días con su familia —ella era como yo y el noventa y cinco por ciento de la gente, una persona de pueblo— y yo aproveché para salir de mariconeo a Antídoto. Ron estaba allí. Álex también. Cada une bailaba en una punta de la discoteca. Álex estaba sole, Ron con un grupo de chiques. Fue gracias a eso que les identifiqué, no había manera de hacerlo por el físico, eran idéntiques. Iba ciegue y aún estaba resentide, así que me acerqué a Ron y coqueteé con él *out loud* para intentar poner celose a Álex. La noche empezaba a ser oscura y albergar horrores, *as R.R. Martin would say*. Álex se acercó a nosotres mientras perreábamos, muy pegades, reguetón dosmilero. Nos separó y bailó con su hermano sin apartar sus ojos de los míos. La gente de mi alrededor grabó la escena, como si fueran osos de circo montando en triciclo, qué horrible el morbo social. En las miradas de ambes vi algo tóxico, extraño. Qué extraño. Me terminé la copa de un trago y salí de la discoteca para fumarme un cigarro. Alguien me metió mano desde la espalda y me giré para impedirlo:

—¿Vamos a tu casa?

—Déjame en paz, Ron.

—Soy Álex.

Era mentira, yo lo sabía. Álex no habría salido detrás de mí. Pero decidí hacerme le tonte. Me llevé a Ron a casa y me lo tiré. Grité todo lo alto que pude el nombre de su hermano mientras él me follaba y lo balbuceé cuando le hice oral. De tanto énfasis que puse, me lo llegué a creer. Le permití quedarse y pasar la noche conmigo. A la mañana siguiente, Ron me esperaba en la cocina con churros. Nos miramos y entendimos. Se marchó. Ron esa noche tenía dos marcas, el círculo y el triángulo, como Álex la última vez.

Le conté a mi novia los cuernos porque yo no soy una mierda de persona como Ron. Y ella me dejó, durante el viaje habíamos establecido que estaríamos en cerrado unos meses antes de abrir la relación y yo había incumplido nuestro trato sentimental. Lo entendí, nos despedimos y apenas me dolió. En mi corazón no había cabida para ningún sufrimiento más, el de Álex lo tenía saturado. Ese mismo día fui al CEU, en Alcorcón, busqué a Álex y le di un puñetazo en la cafetería delante de media universidad. Nos ensañamos en una pelea que acabó por destaparle el pecho. Cuando lo vi me quedé petrificade: Álex tenía ahora tres marcas. La última adquisición era un rombo, encima del círculo, a la izquierda de su abdomen. Los seguratas de la privada me echaron y, de ahí, fui de nuevo a Montealto y, como un poseído, agarré a Jorgito a la salida del colegio y le levanté la camiseta. Tenía la marca del círculo. Cruzamos miradas antes de que me echaran a patadas de allí también. Creí leer en sus labios: «Ya soy un hombre».

En los labios de un niño de ocho años.

Mi desesperación no menguaba y el máster era muy exigente. Arrastraba trabajos y tenía entregas pendientes. Se acercaba la Navidad y mis profesores no estaban contentos con le chique becade, supuestamente una genialidad, que no daba un palo al agua. Así que me puse un *deadline* y utilicé mi última baza: la facultad de letras de la Carlos III. Une amigue me coló en la biblioteca

90

con su carné y estuve merodeando por las secciones de filosofía y mitología durante horas. Sorprendentemente lo encontré, en un viejo manuscrito sin encuadernar: *Iter ad puritatem, Spiritus Domini Unio Carnalis,* el espíritu divino de la unión carnal. Una corriente ideológica que proviene del *Risus Paschalis,* una costumbre de Pascua, tras la Cuaresma católica, en la que los párrocos hacían obscenidades en público para divertir a los feligreses. El Camino a la Pureza era, aparentemente, un proyecto extinguido. La fe católica se vio obligada a frenar esas costumbres de lujuria apoteósica entre los creyentes, que borraban los límites de la sexualidad —según varios escritos más de la Edad Media que encontré, *todos* los límites—.

Esta nueva información hizo que no pudiera dejar las cosas estar. Reduje la predominancia de peso de mi máster y seguí indagando acerca de las bacanales religiosas de antaño hasta dar con un lugar: el grupo de *Iter ad puritatem* se reunía en el siglo XII al noroeste de Castilla. Un viejo manual tenía un mapa de la península dibujado en él. La iglesia de reunión de los antiguos ultracatólicos quedaba a las afueras de la actual ciudad de Soria —si acaso eso se puede llamar «ciudad»—.

Quedé con Álex para tomar un café en el Retiro. Les estudiantes de cuarto de periodismo de la Carlos III, y entre ellos le amigue que me había colado en la biblioteca, ya estaban de camino a Soria. Era Navidad, el grupo radical estaba allí reunido. Lo sabíamos porque habíamos investigado mucho, yo y mi nuevo equipo de periodistas, algunes de les cuales eran hachas de la informática que fueron capaces de encontrar en *deep webs* todo aquello que yo tanto busqué sin éxito. Pero yo no fui a la excursión. E impedí que Álex estuviera allí en el momento del destape. No sé cómo consiguió convencer a su familia de retrasar su llegada a las fiestas, pero al parecer lo hizo.

—Creí que no querías volver a verme.

—Yo también te quiero.

—¿Qué?

—Pues eso. Que no me dio tiempo a contestarte la última vez.

Bajé la mirada y, con disimulo, eché un vistazo a la pantalla de mi móvil. Me había saltado una notificación del grupo. «Llegando», ponía en el mensaje. Volví a centrar mi atención en Álex al instante. Estaba nerviose, trataba de que no me lo notara.

—Azul, ¿puedo contarte algo?

Se me tensó todo el cuerpo, desde la punta de los dedos de mis pies hasta el último pelo de mi cabeza. Álex me cogió la mano por encima de la mesa de la cafetería, se echó un poco hacia delante y empezó a hablar:

—Mi familia es cofundadora de un pequeño grupo de ideología radical del país, eso ya lo sabes. El Camino a la Pureza no es ningún secreto para ti. Eres liste y lo has averiguado todo. O casi todo, porque sé que te mueres de ganas por descubrir qué son estos símbolos que llevamos marcados en el cuerpo que no aparecen en ningún escrito, por muy antiguo que sea. Se debe a que esta simbología fue establecida cuando se retomó el Camino de la Pureza en el siglo XIX. Desde ese momento, se ha llevado en secreto, pues es un movimiento prohibido. Existen diez símbolos, las mujeres solo pueden tener seis, todos por debajo del ombligo. Los hombres, ocho, todos por encima. Compartimos cuatro figuras geométricas básicas: el cuadrado, el triángulo, el círculo y el rombo. Los significados carecen de importancia ahora, primero déjame que te cuente para qué sirve el marcaje.

»Al ser el grupo un secreto mayor, los componentes empezaron a distribuirse ya desde el siglo XIX en diferentes prelaturas. Mi bisabuelo fundó lo que se conoce como los kikos, por ejemplo. Eso también lo sabes. Y, debido al despliegue, se empezó a temer tanto que se corriera la voz y se expusiera el grupo como que los componentes dejaran de estar interesados en participar en las reuniones tradicionales del movimiento. Se estableció entonces un ritual, una cadena de ascensión, que asegurara la perpetuidad del Camino a la Pureza.

Un tilín de mi teléfono interrumpió el relato. Eché un vistazo rápido: «Ya hemos aparcado a las afueras del pinar. Desplegamos equipo y entramos, Azul. Deséanos suerte». Álex tenía los ojos clavados en mí, no se había asomado a la pantalla de mi móvil, me extrañó. En mí hubiera sido casi un acto reflejo. Yo volví a mirarle y dejé que prosiguiera su historia.

—Así fue como empezó la tradición de las ascensiones por edad y capacidad.

—¿Edad y capacidad?

—Son pocos los hombres que consiguen los ocho símbolos, ¿sabes, Azul? La mayoría se estanca en cinco o seis. Los cuatro primeros símbolos, las figuras geométricas básicas, se adquieren por edad y la exigencia de participación mínima, tanto en hombres como mujeres. El resto depende de la capacidad de control y el tipo de activo que cada uno sea. Los hombres tienen más posibilidades, biológicamente hablando, que las mujeres. Por eso pueden optar a tener más símbolos. Los ocho símbolos en un hombre representan la Pureza, la perpetuación de la perfección humana en su sangre. Cuantos más descendientes tenga un *octo symbola*, más fuerte será la raza. Mi padre es uno de ellos. Se espera de mí que también lo sea, así como de mis hermanos.

Lo entendí al instante, lo vi en sus ojos y lo recordé en sus acciones. En la discoteca, en mi cama. En mi cama…. Dios… En mi cama.

—Orgías. —dije. Y me quedé en silencio unos segundos, atragantándome con la imagen de Jorgito desnudo en medio de un bosque a doscientos kilómetros de mí.

—Solo un *septem* o un *octo symbola* pueden engendrar en las reuniones —prosiguió Álex—. Los integrantes del grupo de menos de cuatro símbolos son los que hacen ascender a los hombres para que estos últimos puedan llevar a cabo la perpetuación de la sangre pura.

—Follándose a los niños consiguen ascender.

—No nos gusta usar esos términos, Azul. Además, no solo los más jóvenes cuentan con la posibilidad de ayudar al grupo, también los Integrados, según los llamamos. Es decir, personas que se unen al grupo por fe, de cualquier edad, no por nacimiento según marca su estirpe familiar.

Otro tilín: «En directo en YouTube, Instagram y Twitch. A cien metros del monasterio. Ciento cuarenta y siete mil espectadores *online*, se ha prendido la mecha en Twitter, Azul. Esto va a ser una puta bomba».

—¿Cómo es que tú tienes ya tres símbolos y tus hermanos, los cuatrillizos, todavía no?

—Se puede avanzar más de lo previsto con dedicación. Es ventajoso si se quiere llegar a los ocho símbolos. A partir de los treinta años se paraliza la ascensión, te quedas con los que tienes, no puedes optar a más.

—¿Por qué no te has alejado de todo esto? —apreté con fuerza la mano de Álex entre las mías, mirándole a los ojos.

—Porque la familia es lo primero, Azul.

Su comentario me dio frío. De pronto sentí la necesidad de refugiarme bajo un edredón. Y de un trago. Un buen trago de alcohol.

Sonó un nuevo tilín, pero no me dio tiempo a leer el mensaje. Álex le dio la vuelta a mi teléfono, de modo que no podía ver la pantalla.

—Claro está, no todos en el grupo piensan igual. Mi hermano nos está costando mucho, a pesar de que es un *octo symbola* nato, desde bien pequeño.

Aquello me dejó confundide. La cabeza me daba mil vueltas mientras intentaba concentrarme a la par que mi teléfono ardía, no paraba de recibir mensajes que no podía mirar.

—Me dijiste que Ron era como tu familia. Que tú eras el diferente.

—No hablo de Ron, Azul. Me refiero a Álex.

95

Se me heló la sangre y, en un susurro, pregunté:

—¿Ron?

El chico ante mí negó con la cabeza y se presentó:

—David, encantado. Ya solo te falta conocer a Adán, dicen que es el más guapo de los cuatro —su risa era enfermiza y me aterró.

Aparté mis manos de las del chico y cogí mi teléfono: «¡¿Qué cojones, Azul?! Aquí no hay nada. Este sitio está muerto, abandonado. Dijiste que habías repasado las coordenadas mil veces, estabas segure de que era aquí. Joder... No sabes la que nos está cayendo en los comentarios...». David me quitó el teléfono y se lo guardó en el bolsillo. Las lágrimas me caían a mares.

—¿Dónde está Álex?

—Evolucionando. Esta noche adquirirá su cuarto símbolo. Será un gran *octo symbola*. Si conseguimos alejarlo del todo de ti, claro.

Me eché para atrás y me apoyé en el respaldo de la silla. Me sentí vencide, agotade. David siguió hablando durante un rato. No recuerdo bien lo que me explicó. Algo sobre ser precavidos, el riesgo de la clandestinidad y, de nuevo, la perpetuación de la pureza. Pero yo ya no podía escucharle. Ni siquiera era capaz de ordenar mis pensamientos. Presté atención cuando se levantó:

—Te aconsejo que cambies de pub. Nosotros necesitamos contactos en ese ambiente, Ron ha conseguido ya tres Integrados yendo allí. También te diría que dejases de meter las narices donde no te conviene, pero creo que no hace falta que me recalque en eso. Lo has entendido bien. Eres tan inteligente como dicen mis hermanos, ¿no es así?

David se alejó de allí con mi teléfono en el bolsillo. Yo, aún empapade en sudor, temblando y con los ojos llorosos, respiré profundamente y miré a mi alrededor. Fue entonces cuando encontré a Álex y Jorgito de la mano, a unos cien metros de mí, junto a unos árboles. Me miraban fijamente desde la distancia, sin moverse. Esperando mi respuesta a todo lo que acababa de ocurrir.

Hice lo que tenía que hacer.

Me levanté, saqué mi grabadora de la mochila y la tiré al estanque.

Hice lo que tenía que hacer.

Porque la familia es lo primero, Álex.

Lala

De pequeña tenía una vecina que se llamaba Abril. Me gustaba su nombre porque me recordaba a la piscina hinchable que llenábamos en mi patio para que se bañaran las tortugas. El agua siempre estaba muy sucia pero a mí me daba igual, me gustaba meter los pies. A Abril no le hacía gracia mojarse y se dedicaba a golpear el caparazón de los reptiles con un palo desde fuera. Yo correteaba de puntillas por el falso lago huyendo de los lentos depredadores para que no me mordieran los pies. «Mi madre dice que si te muerde te puedes morir de salmonelosis», me decía Abril cuando yo fingía tener una tortuga enganchada en el dedo gordo del pie. Su madre y ella inventaban muchas cosas, eso decía siempre mamá. Pero papá decía que mamá era una mentirosa, así que yo a veces creía a Abril y las cosas que supuestamente su madre le contaba. Menos lo de que una tortuga puede matarte de un bocadito. Eso nunca me lo creí.

Abril tenía tres hermanos mayores y ella era tres años mayor que yo, así que sus hermanos eran grandísimos, siglos más viejos. Todos ellos se habían ido ya de casa. Papá me había explicado que la gente, cuando se hace mayor, busca un trabajo y se independiza de su familia. Cuando mamá pasaba varios días fuera de casa yo solía preguntarle a papá si se había independizado y él me obligaba a encerrarme en mi habitación. El día que dije en el colegio que mi madre se independizaba de cuando en cuando a papá lo llamaron al despacho del director, igual que aquel día en parvulitos, solo que esta segunda vez no me echaron del colegio. Cuando iba a parvulitos la profesora nos mandó de tarea buscar una hoja bonita para decorar la pared de la clase. Yo cogí una hoja de la planta que mamá guardaba en la galería. Mamá cuidaba mucho de esa planta, solía decir que la quería más que a papá porque al menos ella le hacía reír. Sí que era verdad que, cuando te pasabas la hojita por el cuello, te hacía cosquillas.

El hermano mayor —más mayor— de mi vecina Abril volvió a casa un día, años después de independizarse —mamá no solía tardar tanto—. Abril y yo ya no jugábamos con las tortugas porque ella decía que como el año siguiente iba a entrar al instituto tenía que empezar a hacer cosas de mayores. Abril no tenía amigas, así que yo hacía las cosas de mayores con ella. Aprendimos a montar en patines en línea —bueno, yo no. Yo llevaba los de cuatro ruedas porque Papá Noel no me trajo unos nuevos. Abril decía que eso eran trampas— y a caminar con los tacones de mamá. Siempre lo hacíamos en mi casa porque la madre de Abril no tenía tacones, o eso decía ella. Yo no la creía, ¿cómo no iba a tener tacones su madre? Todas las mujeres tienen al menos un par de zapatos altos.

La segunda hermana mayor de Abril se quedó embarazada y mi papá le dio un sobre. Yo le hice un dibujo y Abril lo rompió. Al principio dijo que porque era muy feo, pero después me confesó que se había enfadado porque a ella nunca le había regalado un dibujo. Así que le hice uno y ese no lo rompió. Me prometió que lo había pegado en la pared de su habitación, pero nunca me dejó entrar a verlo. Su hermana, la que se quedó embarazada, pasaba poco tiempo en casa de sus padres. Abril siempre decía que discutía mucho con la familia, pero yo no sabía qué pensar. Nunca se oía un solo ruido salir de aquella casa, ni siquiera la televisión o la radio. Abril sí que oía mi música desde su jardín y los programas que veían mis padres las noches de verano en la televisión, cuando todas las ventanas de casa se dejaban abiertas para matar el sofoco. La hermana de Abril, además, siempre se despedía de su madre dándole muchos abrazos, así que yo estaba convencida de que mi vecina se había inventado las discusiones de las que me hablaba.

El que nunca daba abrazos era el hermano más mayor. Él venía mucho a mi casa, creo que ni Abril ni sus padres lo sabían. Mi madre lo hacía pasar y se encerraban en la cocina. La casa entera olía como la planta de mamá y al rato él se iba y se llevaba algunas de las cervezas que compraba papá. Entonces, yo lo espiaba: subía al tejado y lo observaba con los prismáticos que me había construido con rollos de papel higiénico y trozos de cartones de leche. A veces tenía miedo de que me viera, pero él nunca miraba hacia mí. De todas maneras, creo que no veía muy bien: siempre tenía los ojos achinados y muy rojos. Al salir de casa se adentraba en el parque de enfrente —en el que jugábamos Abril y yo antes de empezar a hacer cosas de mayores— y se agachaba junto a un árbol que tenía un agujero en el tronco. Yo lo sabía porque escondía ahí los tesoros de las búsquedas de piratas que preparaba para Abril. Cuando su hermano mayor se iba a casa, yo corría a ver qué había escondido. Al tiempo me cansé, siempre era lo mismo: las cervezas que le daba mamá. Al parecer en su casa no le dejaban tomarlas y se las iba bebiendo en el parque poco a poco a escondidas. Cuando se le acababan, venía a por más.

Me gustaba tener un secreto, por eso nunca le dije a Abril que su hermano venía a casa. Tampoco se lo dije a papá, ni siquiera el día que se puso como un loco con mamá por algo de un pipí y no sé qué cacharro. Después de aquello mamá pasó unos días en el hospital y se independizó un par de semanas. Luego volvió, como siempre volvía, y se encerró con papá en su dormitorio.

Abril entró en el instituto y dejé de verla en los recreos. Fue un alivio, por fin pude jugar con mis amigas sin que «la pesada de sexto no nos dejara en paz». A mis amigas de clase no les caía bien, decían que era una mentirosa.

El hermano de Abril seguía viniendo a casa algunas tardes y un día fuimos a ver a su hermana al hospital, había nacido el bebé. Mi madre le regaló unos zapatitos diminutos y mi padre le tocó el culo. Creo que solo yo me di cuenta. Ese día conocí al tercer hermano de Abril. Lo trajeron en un autobús y una señora lo acompañaba todo el rato. A veces se ponía nervioso y la mujer tenía que cogerlo de la mano. Todo el mundo le hablaba muy despacio. Su rostro era distinto a los demás, como el del bebé de la hermana de Abril. Cuando se fue, ella se echó a llorar y todos marchamos a casa menos papá.

Dos semanas después Abril vino llorando: su sobrino bebé se había ahogado con el biberón. El hermano mayor —más mayor— de Abril y mi madre se quedaron en casa cuidando de la planta de mamá. Papá y yo fuimos al entierro. Nunca había visto un ataúd tan pequeñito. Una vez más, papá le tocó el culo a la hermana de mi vecina, pero nadie pareció darse cuenta.

Abril no era feliz en el instituto y, aunque no me lo dijera, yo la invitaba a venir por las tardes al centro comercial con mis amigas. Ya estábamos en el penúltimo curso y nos dejaban ir solas. La madre de Yésica nos recogía y dejaba a todas en nuestras casas. Como Abril y yo éramos vecinas, no tenía que ir a buscarla lejos, como a las demás, era perfecto. Pero un día Yésica me dijo que Abril no cabía en el coche. Sin embargo, cuando me recogieron había un hueco libre. Me enfadé con ellas y les pedí una explicación. Para mi sorpresa, tenían una contundente: «Abril huele mal. No se ducha». A la semana siguiente les dije a mis amigas que papá no me dejaba ir más al centro comercial. La madre de Yésica vino a hablarlo y él se enfadó conmigo por mentir. «Deberías salir con tus amigas, no quedarte aquí con esa niña tan guarra». Le pregunté a papá si la hermana mayor de Abril también era una guarra y me dio una bofetada. Fue la única vez que me pegó.

Cuando yo entré al instituto, Abril ya no estudiaba. A veces la policía iba a la puerta de su casa y entonces venía a clase una o dos semanas. Yo tenía un gran grupo de amigos, pero ninguno de ellos quería quedar con Abril.

A mi novio tampoco le gustaba, decía que ella estaba secretamente enamorada de mí. Un día lo dejé por decir eso, pero lo perdoné a la semana siguiente y volvimos. Se llama Gabriel, estuvimos juntos todo el instituto. Sus padres no eran para nada como los míos, mucho menos como los de Abril. Me gustaba pasar tiempo en casa de Gabi, su padre me enseñaba a tocar el piano. Dejé de ver tan a menudo a Abril. También a papá y mamá.

Una noche que pasé en casa, después de haber estado varios días con Gabi y su familia, Abril saltó la valla de mi patio de madrugada. Cuando éramos pequeñas, siempre íbamos de una casa a la otra así, atravesando la verja que delimitaba nuestras viviendas. Al llegar del colegio, dejábamos las mochilas en nuestras habitaciones y corríamos al patio de atrás para vernos. «Cuánto tiempo», bromeábamos, pues habíamos vuelto andando juntas tan solo unos minutos atrás. Pero esa vez Abril no bromeó. Tampoco me llamó a voces, como solía hacer los fines de semana en los que yo estaba jugando en mi cuarto o viendo la televisión en el salón. Esa noche Abril llamó a papá desde nuestro patio. Papá se vistió y saltó la valla. Yo nunca lo había visto hacerlo. Abril se metió en nuestra casa y mamá la hizo encerrarse en su dormitorio. Todos creían que yo estaba durmiendo, así que aproveché para subir al tejado con mis prismáticos —ahora tenía unos de verdad, me los había regalado Gabi por mi cumpleaños—.

Vi llegar a la ambulancia y el cuerpo de Mari, la madre de Abril, en la camilla. Llevaba una vía en el brazo, los médicos estaban nerviosos. Mari estuvo en coma durante semanas y, después, murió. Papá y yo fuimos al entierro, mamá se quedó en casa con su planta. Esa fue la segunda vez que vi al tercer hermano de Abril, de nuevo acompañado por una mujer que lo controlaba para que no montara un escándalo, aunque fue inevitable y acabó por tener que llevárselo. Abril se acercó a mí al final de la ceremonia, llevábamos meses, tal vez ya un par de años, sin cruzar palabra. Yo estaba de la mano de Gabi, que me había acompañado. «Toma, quédatelo», me dijo Abril mientras me ofrecía el colgante que su madre siempre llevaba en el cuello, «Una vez me dijo que te encantaba y que, si hubiéramos tenido algo de dinero, te habría regalado uno igual. Ahora este es tuyo». Gabi y yo marchamos del cementerio, allí no derramé una sola lágrima. Pero al llegar a su casa lloré a mares.

De tumbarme en la cama de mamá y papá a la hora de la siesta recuerdo ver a Mari para arriba y para abajo. Desde la ventana del dormitorio veía el patio de mis tortugas y, justo detrás, la casa de Abril. Mari siempre estaba para arriba y para abajo, con el pelo negro que le llegaba hasta la cintura trenzado y un delantal. Sus pesados y corpulentos brazos zarandeando ropa mojada, tendiéndola bien alta en las cuerdas del porche; o agachada recogiendo excrementos de su abarrotado jardín. La recuerdo llena de pelos, perdida en una manta marrón y gris, pues se dedicaba a alimentar a cada animal callejero que pasaba por su puerta. Les daba cobijo y les compraba paté. A Abril no le gustaban los gatos, pero yo adoraba visitar aquel zoo felino. Eso sí, apenas entré en la casa, siempre me quedaba deambulando por el jardín, chistando y persiguiendo a los gatitos. Abril nunca me dejaba entrar, salvo si me moría de sed después de haber estado correteando toda la tarde. Para ir al baño, tenía que saltar la valla de vuelta y hacer pipí en mi casa.

A veces, Mari me llamaba y me pasaba entre las rejas con sus dedos morcillones un billete de cinco. «Tráeles algo rico a los gaticos, que mi Abril no quiere», me pedía «Y lo que sobre, para ti». Pero yo siempre le daba las vueltas porque sabía que no tenían dinero. Mi padre les prestaba algo de cuando en cuando y el padre de Abril, de a poco, nos lo devolvía. Solía dejar billetes y monedas en nuestro buzón. A mi padre le molestaban esas formas porque cuando lo abría para mirar si teníamos correo se caían todos los céntimos al suelo. De todas maneras, una vez Mari murió, el padre de Abril dejó de hacerlo, pues ya no vivía en la casa de al lado. Lo condenaron a cinco años de cárcel, pero salió al tercero impune, en el juicio lo declararon inocente. Y yo lo creí.

Mariano me acostumbró a ser precavida. El padre de Abril solía salir después de comer a su jardín, regar las plantas y patear a los gatos callejeros a los que su mujer acogía para que se alejaran de su casa. Se fumaba tres o cuatro cigarrillos de golpe, escuchando la radio a todo volumen. Cuando Abril estaba en mi casa y jugábamos en la piscina hinchable de mi patio, solía ponerse al otro extremo de su jardín, el más alejado de la valla. Pero cuando estaba yo sola se acercaba mucho al límite entre nuestros hogares. Mamá decía que eran alucinaciones mías, ¿cómo me iba a estar mirando mucho Mariano? Si solo era un viejo inofensivo. El juez del caso de la muerte de Mari pensó lo mismo. Fue por Mariano que empecé a llevar la parte de arriba de mi bikini, no porque mis amigas ya lo hicieran, que era lo que pensaba papá. También me hice a no andar semidesnuda por mi casa, una costumbre que tenía desde muy pequeña los veranos. Cuando empecé a salir con Gabi, retomé el hábito de hacerlo en la casa de la playa de sus padres —solo si ellos no estaban por allí, claro—. Gabi y yo nunca pasábamos tiempo en mi casa. Él decía que papá y mamá no le tenían en estima, pero no era cierto. Lo que ocurre es que papá y mamá son como son, solo hay que conocerlos un poco. Yo sé que ellos querían a Gabi, que sabían que era bueno para mí, aunque mamá siempre se riera de su tartamudeo. Sé que le tenían afecto porque a Abril nunca se lo tuvieron y de ella decían cosas más hirientes.

Mariano volvió a la casa vecina el año que yo empezaba segundo de bachillerato. En ese momento, la hermana mayor de Abril vivía con ella. Papá iba mucho a visitarlas. Cuando él estaba allí, Abril salía al parque. Ese año mamá me contó las últimas noticias que se hablaban por el barrio: el hermano mayor —más mayor— de Abril estaba en la cárcel, había coincidido con su padre unos meses, antes de que soltaran a este último. Mamá contaba muchas mentiras, pero yo la creí, eso explicaba que no hubiera aparecido por casa de madrugada preguntando por ella. El hermano mayor de Abril a veces se colaba en mi dormitorio. El seguro de la ventana estaba roto y lo sabía. La mayoría de las noches, yo supongo, entraba porque era consciente de que yo no estaba ahí, sino en casa de Gabi. Pero algunas veces al parecer no me veía y entraba mientras yo dormía. Me despertaba sobresaltada y lo encontraba mirándome fijamente. Le decía que mi madre estaba durmiendo pero que se sirviera lo que necesitara de la cocina. Antes de irse de mi cuarto, me susurraba: «Eres guapísima, Lala, más incluso que tu madre, ¿lo sabías?» y después salía de mi habitación. Pero no solía dirigirse a la cocina, sino al baño. El hermano mayor de Abril era un poco raro.

Apenas dormía un par de noches o tres a la semana en casa de papá y mamá. El resto del tiempo lo pasaba con Gabi y sus padres. Ellos nos ayudaban a estudiar y no paraban de hablar de hacer una inversión. «¿Qué os parece la zona de La Flota? Es céntrica, pero también un barrio familiar. Sería un punto medio perfecto, ¿no creéis?», querían regalarnos a Gabi y a mí un piso en Murcia ese verano, para que nos fuéramos a vivir ahí al terminar el instituto. El que más le gustaba a la madre de Gabi estaba pegado a Juan de Borbón y tenía tres dormitorios y una terraza preciosa. A mí se me iluminaban los ojos con cada vivienda que me enseñaban, hasta un zulo me hubiera parecido perfecto. Era un regalo muy bonito, fuera el piso como fuera.

De esos días que sí que pasaba en mi casa, a veces me cruzaba con Mariano cuando yo estaba en el patio y él en su jardín. De pequeña acostumbraba a saludarlo, pero ahora había perdido el hábito y las ganas de hacerlo. Él seguía mirándome fijamente, mientras yo me movía de un lado a otro del patio, alimentando a nuestras tortugas inmortales. Estas eran una de las razones fundamentales por las que iba al menos un par de veces a la semana a casa de papá y mamá, ellos no se preocupaban de cuidar a los pobres animales. Otra de las razones era mamá, que cada vez tenía la voz más ronca y siempre estaba resfriada. También le temblaban mucho las manos, pero los médicos no detectaban ninguna enfermedad crónica en sus análisis, únicamente problemas que nunca querían comentar conmigo, solo con papá. Cuando volvíamos del médico, papá y mamá discutían y, después, se encerraban en su dormitorio. Yo solía subir al tejado para no escucharlos teniendo sexo. A esas alturas, ya sabía muy bien lo que era. Lo practicaba a menudo con mi querido Gabi.

Una tarde de otoño vi llegar un autobús pequeñito desde el tejado. De él descendieron el tercer hermano de Abril y una mujer. Al cabo de unos minutos, la mujer marchó. Yo bajé al patio y me encontré al hermano de Abril frente a la valla, arrancando pétalos de las flores de su padre. Mariano se iba a poner histérico si lo veía, así que intenté que dejara de hacerlo:

—Será mejor que no hagas eso, esto... ¿Cómo te llamas?

—Adrián —tenía la voz gangosa y hablaba en un tono muy elevado.

—Encantada, Adrián, yo soy Lala. Soy amiga de tu hermana pequeña desde siempre —Pase un dedo por en medio de la valla a modo de saludo y él lo cogió y me sonrió. Tenía las manos sudorosas pero no le di importancia. Gabi tenía un primo en el espectro autista y otro con síndrome de Down, había tratado con personas con discapacidad algunas veces en los últimos años—. Lo que te decía antes, Adrián, es que será mejor que no les arranques los pétalos a las flores del huerto, tu papá se enfadará contigo y no te dejará jugar más en el jardín. Entonces, no podremos vernos. ¿Por qué no las riegas? Yo creo que les hace falta.

Adrián apartó las manos de las flores y sentí que se cargaba de una energía que era incapaz de controlar. Comenzó a agitar las manos violentamente y a dar patadas al aire. Luego, se ensañó arañándose la mejilla. Traté de tranquilizarlo desde mi patio pero, al ver que era incapaz, salté la valla y le agarré de los brazos para evitar que siguiera autolesionándose.

—No, agua no. No. Agua no. Agua no. No. No. No agua. ¡No quiero agua! —repetía.

—Vamos, Adrián, ¿quieres tomar un chocolate caliente en mi casa?

Creí haber convencido a Adrián y salté de nuevo la valla para coger la escalera y hacerle más fácil el paso, pero antes de que pudiera entrar en la galería, Adrián salió corriendo en dirección a su hogar mientras gritaba:

—Agua no. No quiero agua. Se lo voy a decir Abril. No quiero agua. ¡Mala! ¡Puta!

La hermana mayor de Abril volvió a marcharse de la casa vecina. Gabi y yo le ayudamos a hacer la mudanza con la furgoneta de mi padre. Marchó a Sevilla, con no sé qué parientes lejanos, y no la volvimos a ver. Al menos Gabi y yo aprovechamos para hacer una escapada a Andalucía antes de los trimestrales. Eso estuvo bien.

Abril se quedó sola con su padre y con su hermano Adrián. Ya hacía años que había dejado los estudios por completo y vivía, según decía papá, «de la cara dura que tenía». Al parecer, el Estado los mantenía, pero no lo suficientemente bien. Porque a veces, cuando iba a la compra con la madre de Gabi, encontraba a un segurata zarandeando a Abril en el aparcamiento. Decidí dejarles bolsas de comida en la puerta de forma clandestina. Le conté la situación de mis vecinos a los padres de mi novio y fueron muy comprensivos, así que me daban dinero para que fuera a comprar algunos alimentos básicos para Abril y su familia. Pero una tarde, al cabo de unas semanas, me interceptó cuando yo atravesaba el patio de mi casa para ir al tejado a que me diera un poco el sol, mientras las tortugas devoraban la lechuga fresca que les había traído.

—¿Tú qué mierda te crees? ¿Que necesito tu caridad? Vete a tomar por culo. No quiero tus favores, Lala, me las apaño bien.

—Perdona, yo solo quería ayudaros y…

—No quiero tu ayuda, ¿te ha quedado claro? Para de dejarnos comida en la puerta.

Abril lanzó la última bolsa de Mercadona que yo había comprado para ella por encima de la valla y la comida se esparció por todo el patio. La recogí antes de que las tortugas pudieran hacerse con la fruta, les daría una sobredosis de azúcar. Pobres tortugas. Pobre Abril.

Mis amigas del instituto empezaron las habladurías sobre Adrián. Decían que las acosaba y organizaron una reunión con la jefa de estudios del centro para echarlo de allí. Yo no colaboré en la recogida de firmas, creía que Adrián y su familia ya tenían bastante con lo que tenían. Por todo el instituto se rumoreaba sobre el hermano de Abril; la gente, al verlo, se alejaba a toda prisa, decían que podían pillar la peste si se acercaban mucho a él. Esto era una clara desinformación, una burla creada a base del mal olor de Adrián y alimentada por la crueldad de adolescentes ignorantes. A mí no me afectaba su hedor, estaba muy acostumbrada de Abril. Papá me había contado que Mariano había dejado de poder pagar la estancia de su hijo en un centro especializado y Adrián no cumplía los requisitos para ser internado en uno público. Por ello, ahora vivía en la casa de al lado, de nuevo con su familia, y estudiaba en mi instituto, que era el único de toda la zona con oferta de Educación Especial para personas con discapacidad. Mi profesora de Cultura —la alternativa a Religión en segundo de bachillerato— nos dio dos opciones para aprobar la asignatura: un trabajo final de treinta páginas sobre las costumbres de alguna región oriental concreta o pasar cuatro horas de clase semanales con los chicos de Educación Especial. Yo elegí la segunda, pero tanto Gabi como el resto de mi clase decidieron optar por el trabajo.

Empecé a pasar esas horas con Adrián y otros chicos. Siendo sincera, los otros no me importaban tanto. Adrián era mi vecino y, lo fundamental, el hermano mayor de Abril. Me sentía en la obligación de protegerlo y enseñarle todo lo que estuviera en mi mano. A mitad de curso se obsesionó un poco conmigo y su tutora me aconsejó que mantuviera las distancias por un tiempo y dejara de verlo por las tardes, cosa que yo fui incapaz de hacer.

Le daba dinero a Adrián, le ofrecía billetes de cinco y diez euros en los recreos y le pedía que se comprara algo para comer y el resto se lo entregara a su hermana. Y así lo hacía, pero Mariano interceptaba el intercambio encubierto y se gastaba los euros en el bar. Papá luego venía renegando: «¡Tú te crees! Que está Mariano en ca' Pepe. ¡No tienen pa' comer, me debe seiscientos euros y el tío repelando chupitos de anís! ¡Si es que...!». Y mamá contestaba: «Déjalo al pobre hombre que tenga alguna alegría de vez en cuando. Tú no le vayas a pedir nada, ¿eh? Que nos conocemos», «¡Pues luego no me vengas renegando que si la casa de la playa!», «¡Seiscientos cochinos euros no arreglan tu mierda de sueldo!». El diálogo no era siempre este, pero sí algo parecido. Papá y mamá discutían por Mariano con más frecuencia de lo habitual. Comparados con los padres de Gabi, discutían por cualquier cosa con más frecuencia de lo debido. Mis hermanos decían que todas las familias tenían sus cosas y, viendo la vida que llevaba Abril, yo estaba agradecida con la mía, por eso nunca se lo echaba en cara ni protestaba.

Cuando vi que las ofrendas que le hacía a Adri —había empezado a llamarlo así, a él le gustaba— en el instituto no pudieron continuar, le hice llamar a su hermana a través de la valla, tras asegurarme de que Mariano estaba en el bar.

—Lo siento por haberte hecho sentir mal, Abril, pero déjame ayudarte. Mis padres ya sabes que nunca han tenido mucha pasta tampoco, pero los padres de mi novio sí tienen y me dan de sobra. No necesito que me devuelvas nada, toma, úsalo para lo que necesites. Sé que es poco pero, bueno, me sobra una cantidad así al mes, más o menos. ¿Cómo lo ves?

—¿Sigues con Gabi?

—Sí, el próximo otoño hacemos seis años, nada más empezar la universidad. Nos iremos a vivir a Murcia.

Abril metió los dedos entre las rendijas de la valla para coger el billete de cincuenta euros que yo le tendía.

—No me hará el mes, pero tal vez sí la semana. Gracias, La —se giró para marcharse pero volvió a darse la vuelta al cabo de unos segundos—. ¿Cómo están las tortugas?

—¡Bien! —Me ilusioné, claro que me ilusioné. De pequeña adoraba a Abril—. Aquí siguen, nos van a enterrar a todos —reímos—. ¿Y tu hermana? ¿Cómo le va?

—Ni idea, no me ha llamado desde que se mudó. Y hace ya, ¿cuánto? Cuatro meses. Me dijo que empezaría a mandar dinero cuando encontrara trabajo y aquí sigo, esperando.

—Tu hermana siempre fue muy maja. Seguro que te escribe dentro de poco —Nunca lo hizo.

—Siempre me encantó tu dulce inocencia ante la vida, La. Lo echaré en falta cuando te vayas a la universidad.

Abril y yo cogimos la rutina de vernos un par de veces a la semana en la verja que delimitaba nuestros hogares. Hablábamos de cosas sin importancia durante un rato y, después, nos despedíamos. Ella me contaba experiencias que yo no vivía, como en qué consistía ir a cobrar el paro y cómo pillar las mejores ofertas de ropa en el mercadillo levantándose muy temprano; y viceversa. Los estudios parecían interesarle y yo trataba de incentivarla en retomarlos. Ella decía que para qué, si no tenía dinero para pagar la universidad ni una FP y yo, un día, compartiendo una litrona de tapón de plástico que nos pasábamos por encima de la valla le prometí que, si había terminado la carrera para cuando ella quisiera empezar una, le pagaría los estudios. Volvió a elogiar mi idealismo y se marchó, esperando verme al cabo de otros pocos días.

Pero la siguiente vez que salí al patio de la casa de papá y mamá, aunque sí que vi a Abril, no llegué a hablar con ella. Adri estaba correteando por el césped del jardín desnudo. Yo me acerqué a la valla para intentar sosegarlo, pues parecía estresado. Pero, entonces, vi que con una mano se agarraba el pene y me eché para atrás. No dije nada, solo me quedé observando. Tenía miedo de que Adri me viera y viniera hacia mí en esas condiciones. Me sentí mal por aquello durante mucho tiempo. Abril salió de la casa, ella sí que iba vestida, pero tenía la camiseta rasgada y empapada y se le veía parte del abdomen. Se acercó a su hermano, tratando de impedir que siguiera masturbándose, pero él no separaba la mano de su miembro. Los escuché susurrar, aún inmóvil en mitad de mi patio:

—Para, Adrián. Te he dicho que no puedes hacer eso, para.

—Papá también lo hace. Papá también lo hace. ¡Puta! ¡Guarra! Papá también lo hace.

—Adri, te he dicho que pares.

—Papá también lo hace. ¡Ahora te toca! ¡Te toca! Papá también lo hace —El chico no dejaba de masturbarse.

—¡Adrián! ¡Que pares! —gritó.

Abril agarró a Adrián de los brazos y lo zarandeó. Él se asustó y soltó un gemido de terror con el que también salió disparado un chorrito de esperma, que se precipitó sobre la cara y el cuerpo de Abril. Ella se limpió los ojos y sujetó a su hermano por los brazos:

—¡Escúchame! —hablaba ahora con ímpetu, sin preocuparse por ser escuchada—. Papá es un borracho, no sabe lo que hace. Tú no tienes que ser como papá.

—Pero papá también lo ha…

—¡Entra! ¡Que entres en la casa ahora mismo te digo! ¡Ve a limpiarte de una vez o te echarán del instituto y yo no puedo más! ¡No puedo más, Adrián! ¿Me oyes?

Adri entró en el hogar lloriqueando y Abril lo siguió mientras se secaba las lágrimas y se apartaba los fluidos de su hermano de las comisuras de sus labios. Pero antes, se giró hacia mi patio y me descubrió, mirándola estática al otro lado de las rejas. Abril y yo no volvimos a hablar a través de la valla ninguna tarde. En el instituto le dije a mi profesora de Cultura que había cambiado de opinión y que quería hacer el trabajo sobre Oriente. Unos días después de anunciar mi cambio la pedagoga de Educación Especial me llamó a su aula para hablar.

—Tienes talento, ¿lo sabías, Lala? No todo el mundo vale para esto.

—Yo no valgo, se lo aseguro.

—Claro que sí, confía en mí. La cosa es, ¿estás dispuesta a dar tu vida por un trabajo como este? La terapia ocupacional es muy bonita, pero también difícil. Yo creo que sí, Lala. Creo que te gusta mucho lo que hacemos aquí. ¿Llevas psicología para «sele»? Es una de las optativas que más te pondera para el grado.

—¿Es fácil encontrar trabajo?

—Si te soy sincera, no uno bien pagado, pero esto es algo muy vocacional.

—Necesito dinero. Le prometí a una amiga que le pagaría los estudios nada más terminara la carrera.

—Con las aptitudes que has demostrado estos meses, estoy convencida de que podrás cumplir tu promesa.

Así que empecé a buscar universidades que ofertaran el Grado de Terapia Ocupacional y me di de bruces con la realidad, en Murcia solo se podía optar a la carrera a través de la privada y yo no me la podía permitir. Los padres de Gabi ya estaban a punto de comprar el piso, no había marcha atrás. Dejé el tema aparcado, no quería arruinar los planes. Antes de eso, me contentaría con Enfermería u otra carrera a mi alcance. Me gustaba mi región, tener cerca a la familia de Gabi, a papá y mamá, a Abril.

No ha sido hasta hoy que me he dado cuenta de lo importante que fue Abril para mí. Hasta este momento, siempre la había considerado una persona especial, pero ese atributo solo formaba parte de un pasado muy lejano, de la infancia. Abril siempre fue peculiar, una niña extraña. Tal vez por eso yo sentía esa cariño hacia ella.

Hablaba de muchas cosas, no paraba de hablar. La mayoría se las inventaba, pero a mí me daba igual. La creía ciegamente, ignorante, tal y como ella me dijo cuando ya crecimos, y pasábamos buenos ratos así, agrandando historias que, en realidad, eran muy pequeñas, sin tener en cuenta las gigantescas tragedias que nos rodeaban. Hoy me he dado cuenta de lo importante que fue Abril para mí cuando me la he encontrado muerta en su bañera.

A tres meses de los finales de bachillerato y selectividad volví a instalarme en casa de papá y mamá para que Gabi y yo no nos distrajéramos el uno con el otro mientras teníamos que estudiar. Una noche poco antes de irme le conté a la madre de Gabriel la carrera por la que me había interesado últimamente. «¿La habrás puesto la primera de la lista, ¿verdad? Dime que sí, Lala. ¡Pero hombre! A los sueños no se renuncia, hija, ni por dinero ni por nada». Así que mi plan pasó a ser una universidad privada. Empecé a concentrarme lo máximo posible para sacar una buena media y llegar a la beca, pero teniendo la tranquilidad de que no pasaba nada si no lo hacía. La vida con dinero era tranquila, en ese momento me di cuenta de que los padres de Gabi no discutían porque habían tenido suerte en ese aspecto, al contrario que papá y mamá. Al contrario que Abril.

Faltaba un mes para mis dieciocho y yo me olía que los padres de Gabi nos iban a hacer entrega de las llaves de nuestro nuevo piso ese día, así que estaba entusiasmada por que llegara. En ese tiempo de encerrarnos a estudiar, Gabi y yo establecimos vernos dos veces a la semana, los miércoles y los sábados, y llamarnos un rato todos los días antes de dormir. Nos echábamos de menos, pero podíamos aguantarlo. «Ya tendremos toda la vida para gastar la compañía el uno del otro», nos decíamos cuando nos costaba despedirnos. Sabíamos que lo estábamos haciendo por una buena causa. Yo seguí trabajando mis cuatro horas a la semana con las profesoras de Educación Especial, que me ayudaron a prepararme las optativas que necesitaba para entrar en Terapia Ocupacional. Los estudios ocupaban la mayor parte de mi tiempo, apenas salía al patio o subía al tejado para despejarme. Nunca fui una chica muy lista, al contrario que mi hermana mayor, que estudió un montón de cosas y siempre conseguía las subvenciones. Pero me esforzaba mucho y era metódica, así que estaba convencida de que, con un poco de suerte y reduciendo mis horas de sueño, conseguiría la beca de la universidad privada. Al fin y al cabo, aunque prácticamente me hubiera emancipado, la renta que contaba para la ayuda era la de papá y mamá, no la de la familia de Gabi.

Algunas tardes me quedaba a comer en el instituto para luego estudiar en la biblioteca. Los últimos meses de clase dejaban el centro abierto para que los de segundo de bachillerato pudiéramos estar allí por las tardes. A mí me venía muy bien, así no me desconcentraban las discusiones de papá y mamá. Ellos nunca estudiaron, papá solía regañarme por pasar tantas horas sentada frente al escritorio. Me decía que si tenía que echarle tanto rato era porque no se me daba bien y debía dejarlo o pasarme a letras, que eran más fáciles. Así que yo prefería quedarme en el instituto y le decía a papá que pasaba las tardes por ahí con mis amigos para que no me echara la bronca por estudiar mucho.

La profesora de Educación Especial con la que mejor me entendía me hizo una visita un día en la biblioteca:

—¿Cómo vas, Lala? ¿Todo bien con los exámenes?

—Yo creo que sí. Estoy agobiada, pero bien.

—Ánimo, seguro que consigues la beca. Vengo a decirte que, como este mes vais a estar muy agobiados, tu profesora de Cultura nos ha dicho que puedes dejar de venir al aula a ayudarnos y dedicar esas cuatro horas semanales a estudiar.

Me entristecí y me lo notó, no traté de disimularlo. La mujer sonrió y se sentó a mi lado, me acarició el pelo y me puso la mano en la mejilla.

—Serás una terapeuta increíble, Lala.

—He visto que en segundo puedo hacer prácticas en un centro hípico, hay uno muy bueno en Murcia.

—Sí, terapia ecuestre. Es un mundo maravilloso, hay una especialidad.

—Espero poder cogerla.

—Estoy segura de que podrás.

La mujer se levantó para marcharse, pero había algo que no podía sacarme de la cabeza desde el momento en el que ocurrió. Aproveché que estábamos solas en la biblioteca y la llamé para que volviera a sentarse a mi lado. Sentí un terrible pudor antes siquiera de enunciar mi duda, pero la mano de la bondadosa profesora, apoyada ahora sobre mi pierna, me tranquilizó:

—Las personas con síndrome de Down tienen... Tienen... Bueno, a ver. Es que no sé cómo decirlo. El caso es que hace tiempo, una tarde, Adrián estaba desnudo en el jardín y... No le cuentes esto a nadie, por favor, si Abril se entera de que lo he dicho se enfadará mucho conmigo.

—¿Adrián se estaba masturbando públicamente? — Asentí y bajé la mirada—. ¿Y quieres saber si eso es a causa de la condición?

Volví a asentir y noté que mis mejillas ardían. La profesora se rio a viva voz.

—Las personas como Adrián tienen problemas para controlar sus impulsos, ¿no es así? Ya lo has visto. Cuando se enfadan, cuando están contentos, actúan de manera desmesurada a veces. Se debe a eso, a que les cuesta manejar sus conductas. Esa carencia es también aplicable al sexo: Adrián aún está en proceso de aprender a socializar su comportamiento sexual, ¿entiendes? Lo importante es que haya personas a su alrededor que puedan explicarle con tranquilidad y paciencia que hay ciertas cosas que no se pueden hacer en público.

Me acordé de Abril zarandeando a su hermano y gritándole en el jardín y sentí lástima por ambos. Abril no tenía los conocimientos que yo había aprendido en esos meses ayudando en el aula de Educación Especial y Adrián no era un maniático ni un desinhibido, solo un joven sin conocimiento de algunas barreras sociales, al fin y al cabo. Me despedí de la profesora y marché a casa. Allí, salí al patio con lechuga fresca como pretexto y me asomé al jardín de la casa de Abril. Adrián estaba jugando junto a las plantas de su padre. Le chisté y le hice un gesto para que se acercara a mí. Noté que se comportaba de forma extraña y le pregunté por qué:

—Mi hermana dice que no hable contigo.

—¿Por lo que pasó la última vez? —Adrián asintió y sus ojitos ingenuos me hicieron sentir segura de lo que estaba a punto de explicarle—: A mí me gustaría seguir hablando contigo, ¿y a ti? —Volvió a asentir, esta vez con entusiasmo—. ¿Qué te parece esto? Si me prometes que te portarás bien y que no volverá a ocurrir lo que pasó, seremos amigos otra vez.

—Pero papá también lo hace.

—Estoy segura de que tu papá lo hace dentro de casa, ¿a que sí? ¿Sabes una cosa, Adri? Eso es algo que debes hacer cuando estés solito.

—Papá lo hace cuando está solito —pareció estar entendiéndome y me alegré tanto que no le di la importancia necesaria a lo que dijo a continuación—: Pero luego todos lo vemos y Abril a él no le regaña.

—Bueno, lo importante es que lo hagas cuando estés solito, como tu papá. ¿Vale?

—Entonces, ¿puedo seguir haciéndolo?

—Claro que sí, es algo normal. Todos lo hacemos. Pero recuerda: en privado.

Adrián asintió sin establecer contacto visual y se giró para seguir jugando en su jardín. Yo entré en casa satisfecha, creyendo haber hecho algo bueno por Abril. Pero me equivoqué.

Pasadas un par de semanas de intenso estudio, empezó la cuenta atrás para mi cumpleaños y los finales. Gabi y yo estábamos entusiasmados por que llegara el momento de ver nuestro nuevo piso y habíamos hablado de pasar dos días allí, después de los exámenes trimestrales, para despejarnos antes del último apretón, la selectividad.

Había algo que me tenía intranquila: Adrián no estaba viniendo al instituto. Su profesora se acercó para preguntarme por él y le dije lo que sabía, que no lo había visto en bastantes días, ni siquiera jugando en su jardín. Una noche le pregunté a papá mientras cenábamos. «¿Y a ti qué más te da? Mariano ha vuelto a la cárcel así que seguro que se lo han llevado a un centro o algo». Esa nueva información me sorprendió, conseguí sacarle el porqué de los acontecimientos a papá a regañadientes —no era un hombre de muchas palabras, menos si estas tenían que ver con la vida de personas que, a sus ojos, no debían importarnos ya que eran unos morosos—: Mariano había intentado robar en el bar de Pepe. Se había hecho con una pistola que nadie sabe de dónde sacó y le había apuntado a la camarera, hija de Pepe, a la cabeza, borracho como una cuba, tambaleándose y tropezándose con su propio caminar. El arma se le había disparado sin querer dos veces para cuando llegó la patrulla, por suerte no hubo ningún herido. Consiguieron inmovilizarlo sin ningún esfuerzo y se lo llevaron a comisaría. La hija de Pepe lo denunció y el empresario hizo lo mismo. Eso sí, alegaron la pérdida de un dinero de caja que Mariano, cuando fue arrestado, no llevaba encima. De todas formas, me contaba papá, lo más seguro era que sí que lo imputaran con el hurto y el ayuntamiento se encargara de reponer los cuatrocientos euros que Pepe decía haber perdido en el atraco. Con sus antecedentes, estaba claro que no volveríamos a ver a Mariano en un tiempo. Yo en un principio me alegré, creí que al menos Abril se habría quitado el peso de ocuparse de su padre de encima y ya solo tendría que estar pendiente de Adrián.

El chico me tenía intranquila, así que ayer, aprovechando que a primera hora no tenía que ir a clase porque la de Inglés nos había dejado quedarnos en casa estudiando para el examen de Química, salí al patio y lo llamé a voces. Mamá estaba fuera, se había vuelto a independizar unos días. Papá ya se había ido al trabajo. Adrián salió al jardín y se acercó a la valla. Al verlo me asusté, lo notaba muy delgado y paliducho. Llevaba solo unos calzoncillos puestos que estaban manchados de orina y excrementos. Me puse en lo que creí lo peor: Abril se había ido, lo había abandonado. Me imaginé por un momento cuidando del pobre Adri el resto de mi vida y la idea, para mi sorpresa, no me desagradó. Eso reafirmó la buena elección que había hecho en la lista de preferencias: quería ser terapeuta y ayudar a personas con discapacidad. Le pregunté con cautela sobre lo que le ocurría y me respondió con voz temblorosa:

—Abril se ha enfadado conmigo y ya no me cuida.

—¿Por qué se ha enfadado?

—Porque le dije que te conté lo que hace papá y que todos vamos después.

Traté de hacer memoria y no encontré explicación a lo que él me decía. ¿Qué era eso que me había contado? Si no lo recordaba, no debía ser para tanto. Me compadecí del pobre Adri y lo hice pasar a casa, aprovechando que papá y mamá no estaban. Le ayudé a ducharse y le preparé el desayuno. Antes de que terminara, sentí unas terribles náuseas. El olor de las tostadas me había provocado angustia y lo achaqué a que yo no solía desayunar. Esa mañana vomité varias veces. Me encontraba tan mal que no pude ir a clase y Gabi me pasó los apuntes de Literatura y Matemáticas. Por la noche, cuando me sonó la alarma de las pastillas anticonceptivas, me di cuenta de que ya había terminado la semana de placebo y no me había bajado la regla. Empecé a hacer recuento y vi que la mitad del blíster estaba lleno. Había olvidado tomármelas muchos días seguidos ese mes. Me puse histérica y le escribí a Gabi para decirle que me seguía encontrando mal y tampoco podría ir a clase al día siguiente.

Esta mañana fui a la farmacia más alejada de mi casa, en la otra punta de La Vaguada, a primera hora y pedí una prueba de embarazo. Al volver a casa, papá ya se había ido a trabajar. Mamá seguía independizada. Me metí al baño y lloré durante un rato antes de poder sentarme en el váter a hacer pipí. Traté de encontrarle una explicación a mi prolongado despiste y recordé que todas las noches a la hora a la que me sonaba la alarma de la pastilla había estado hablando con Gabi por teléfono. La alarma debía dejar de sonar sin que yo me diera cuenta. Le eché las culpas a mi Samsung porque no tengo el valor para echármelas a mí.

El prospecto decía que debía esperar diez minutos, pero la señora de la farmacia me recomendó quince. Dejé la prueba en la mesa de mi escritorio y salí al patio, sentía que me faltaba el aire y me volvían las náuseas de la mañana anterior. Los quince minutos más largos de toda mi vida comenzaron en ese momento, cuando vi a Adrián acercarse corriendo hasta la verja que separaba nuestras viviendas. «Tengo hambre», me dijo. Pero lo último que pensaba hacer esta mañana era prepararle el desayuno a mi vecino. No contesté y me giré para darle la espalda. Y entonces, con cinco palabras me erizó cada bello de la piel:

—Abril sigue en la bañera.

—¿Cómo que sigue? ¿Cuánto tiempo lleva ahí?

—Desde que papá no está.

Casi tres semanas.

Salté la valla y eché a correr a toda prisa hacia la puerta de atrás de la casa de Abril, la que daba a su jardín. Pero cuando me dispuse a abrirla, Adrián me cogió del brazo y empezó a chillar:

—¡No! ¡No puedes entrar! ¡No puedes entrar! ¡Nadie puede entrar al baño! ¡Nadie puede entrar al baño! Eso decía mamá. Eso dice Abril. ¡Nadie puede entrar al baño!

—Adrián, necesito hablar con tu hermana.

—A mí no me contesta. Está enfadada porque te conté lo que hacemos en la bañera.

Un escalofrío me recorrió la columna vertebral de abajo a arriba y se asentó una sensación de fragilidad en mi nuca. Aparté la mano de Adrián de mi brazo con toda la delicadeza que pude mientras notaba cómo me temblaba todo el cuerpo. Abrí la puerta y entré en la cocina de la vivienda. Subí las escaleras con sigilo, como temiendo que alguien me viera allí. Adrián me seguía en silencio.

Pasé por dos habitaciones antes de encontrar el baño. Las plantas de los pies —iba descalza— se me quedaban pegadas al suelo. Olía terriblemente mal y el aire estaba camuflado en una manta de pelusa y polvo que flotaba a mi alrededor, movido por la corriente que provocaban las ventanas abiertas. El aseo era el foco del olor espantoso que camuflaba el aroma a comida podrida y ropa sucia que tenía el resto de la casa. El olor del baño era el de la muerte.

Sabía lo que me iba a encontrar detrás de esa puerta antes de abrirla. Tomé aire para aguantar la respiración mientras giraba el pomo despacio. Me armé de valor en una décima de segundo. Notaba el aliento de Adrián en mi nuca.

No. No fue el cuerpo putrefacto de Abril en la bañera lo que me sorprendió. Fue el mejunje de fluidos que flotaba en el agua blanquecina.

La familia de Abril no tenía dinero para pagar la luz y el agua corriente de su hogar. Cuando mis amigas del colegio empezaron a meterse con ella por oler mal siempre lo decía, pero nadie la creía, Abril era una mentirosa. Ni siquiera yo la creí. Pero era verdad.

Así que todos se bañaban con la misma agua.

El hermano de Abril empezó a hablar a mi espalda mientras yo me acercaba lentamente a la bañera.

—Papá iba primero, luego mamá. Luego el hermano, luego la hermana, luego yo, y luego Abril. Papá lo hacía, yo también. El hermano también lo hacía. Y la hermana y la mamá tenían sangre. Abril no tiene sangre. Abril ya no me deja y no entiendo por qué. Cuando está papá sí que lo hacemos. El otro día lo hice cuando no estaba y la hermana se enfadó conmigo. Pero tú me dijiste que podía.

Había bolas espesas de líquido blanco flotando por la bañera. Recordé un día que, de pequeñas, tiré a Abril a la piscina de las tortugas. Me odió por aquello durante días, no me dirigía la palabra ni volvía conmigo andando del colegio.

—Lo siento —dije, aún petrificada. Incapaz incluso de derramar una sola lágrima.

—¿Ves? No contesta —saltó Adrián a mi espalda.

Nada más salir de allí llamé a la policía y esperé junto con Adrián en la puerta. Los servicios sociales se lo llevaron este mediodía. No creo que lo vuelva a ver. No quiero.

Los agentes me han estado interrogando durante más de una hora y han sacado a mi padre del trabajo. Le han contado lo que han visto y yo les he dicho lo que Adrián me ha explicado. Mi padre se ha conservado su frialdad mientras lo interrogaban y yo he tratado de mantener la compostura también. Solo he derramado una fina lágrima cuando he visto el cuerpo de Abril metido en un gigantesco saco de plástico. Lo único que seguía medianamente intacto era su rostro, el resto del cuerpo estaba enmohecido y reblandecido, por todo el tiempo que ha pasado bajo el agua. Debí haber entrado antes, nada más ver que Adrián no salía al jardín. O, al menos, ayer cuando lo invité a desayunar. «Esto es sin duda algo fuera de lo común. Pero le sorprendería escuchar las cosas que nos encontramos por ahí. Hay cada familia en el mundo… Qué repelús», he oído que un agente le decía a mi padre y no he podido evitar sentirme enfadada. Abril no daba repelús. Era una niña extraña, pero yo también. Si no, no hubiéramos tenido la relación que tuvimos. No hubiera significado tanto para mí.

Hoy he perdido a Abril y aún no me hago a la idea. Pienso que en cualquier momento gritará mi nombre desde el otro lado de la valla y la saltaré para jugar con ella en su jardín. Después, llenaremos la piscina de las tortugas y nos meteremos las dos juntas a bañarnos con ellas. Porque si tuviera una segunda oportunidad habría cambiado a Abril, habría conseguido que se metiera en la piscina con las tortugas y les hubiera escupido a mis amigas del colegio en la cara por decir que olía mal. Hubiera insistido en que no tenía que bañarse si no quería. Y que, si quería, podía venir a casa y hacerlo conmigo. Si tuviera una segunda oportunidad no habría tenido que pagarle los estudios porque se los habría sacado todos con buenas notas y tendría un buen trabajo, su hermano seguiría interno en un centro especializado e iríamos a verlo los domingos. Cumpliría todas las promesas que me callaba para no parecer rara queriendo mantenerla muy cerca de mí, en mi vida. Habría sido capaz de dejar a Gabi si él me hubiera puesto algún problema. Si tuviera una segunda oportunidad todo sería diferente. Abril no habría muerto.

Papá y yo hemos llegado a casa a las diez de la noche, ha sido un día largo en la comisaría. Mamá estaba aquí cuando llegamos, ya ha vuelto de independizarse. Papá le ha explicado a mamá lo que ha ocurrido y luego se han puesto a ver la tele en el salón. Yo no he podido comer nada, me he dado una ducha y me he metido en mi habitación. Al tumbarme en la cama, he recabado en lo que se me había olvidado por completo: la prueba de embarazo lleva esperándome con una respuesta desde esta mañana. Antes de cogerla pienso, largo y tendido, en Abril. Pienso en todas las cosas a las que jugábamos de pequeñas y ordeno las señales que me hizo y yo no supe ver. Recuerdo aquel día que hablamos a través de la valla: «Siempre me encantó tu dulce inocencia ante la vida, La». Me encantaba que me llamara La. Era la única persona que lo hacía.

Me acerco a la mesa del escritorio y cojo la prueba de embarazo con los ojos cerrados. Me siento en la cama y pienso otro ratito antes de abrirlos:

De pequeña tenía una vecina que se llamaba Abril. Me gustaba su nombre porque me recordaba a la piscina hinchable que llenábamos en mi patio para que se bañaran las tortugas. Recuerdo que un día le dije: «Cuando tenga una hija, la llamaré como tú»; y ella me respondió: «*Comotú* es un nombre muy feo»; reímos a carcajadas toda la tarde.

Suspiro, inclino la cabeza y sujeto la prueba de embarazo por los extremos.

Abro los ojos.

CUATRO HERMANOS

De

Marta Ros

Las familias tocan y uno se aguanta
con lo que le viene. Así es la vida.
Así es la obra. Y crea cada cual lo
que crea, lo que está claro es que
siempre hay alguien que ha tenido
peor suerte que tú.

DRAMATIS PERSONAE

EL PADRE   Tosco y malhablado, retrógrado. Nunca quiso tener hijos y acabó con cuatro por confiar en la marcha atrás. El látex no va con él.

LA MADRE   Drogadicta, desequilibrada y follonera. Se supone que es ama de casa, pero no da un palo al agua.

PAULITA   Sofisticada y culta, la mayor de los hermanos. Reflexiva, elegante. Y cobarde. Qué cobarde.

ARA   Bruta, esperpéntica, se pone nerviosa en el núcleo familiar. Para cualquiera, no tiene una pizca de educación. Ella cree que solo es un poco borde, prohibido hablarle antes del café y ese tipo de cosas.

AZUL   Liste, reivindicative con sentido. Muy atractive. También un poco rencorose y une gallina. Une moderne de les de ahora, vaya.

LALA   Inocente, dulce y de voz suave. Obediente a lo que le dicen sus padres. Hasta hoy.

ESPACIO

La casa de la familia situada en La Vaguada, Cartagena, Murcia.

TIEMPO

El dieciocho cumpleaños de LALA, comida familiar.

ACTO ÚNICO

ESCENA FINAL

(ARA y LALA están viendo la tele en el salón cuando escuchan el timbre de casa. Se levantan y salen a recibir a AZUL y PAULITA, que han llegado juntos desde Madrid. Entran en la casa y les recién llegades meten sus maletas en la habitación que antes compartían. Después, los cuatro hermanos salen al patio y ayudan a LA MADRE a sacar los cubiertos para la comida. EL PADRE llega con una bolsa de comidas preparadas y abre las fiambreras de plástico en el centro de la mesa. Coge de la galería una botella de vino barato y el sacacorchos. LA MADRE y EL PADRE se sientan en los lados estrechos de la mesa. AZUL y ARA comparten banco a la derecha, PAULITA y LALA a la izquierda, frente a elles. Se mantiene un silencio profundo durante algunos minutos. Después, LA MADRE inicia la conversación.)

LA MADRE
(Con marcado acento del sur)
Pues vaya puto calor hace ya. Y eso que solo estamos en mayo, verás este verano. Si es que tenías que haber com-

prado un piso en La Manga cuando tuviste oportunidad, con esas edificaciones nuevas que hicieron hace unos años.

EL PADRE

Sí, claro. ¿Y con qué dinero? Deja de soñar, anda.

ARA

¿Podemos tener la fiesta en paz? ¿Qué tal la *sele*, Lala?

PAULITA

Eso, ¿cómo la llevas?

LALA

(Se encoge de hombros, algo tímida)
Ahí voy, me preocupan más los finales del tercer trimestre de momento. Me da miedo catear Biología.

EL PADRE

(Renegón, como de costumbre)
Si es que… ¿Para qué te metes en las ciencias? Si no te da la cabeza.

ARA

Joder, papá…

PAULITA

(Sarcástica)
Tú siempre tan positivo…

(a LALA)
Bueno peque, tú no te preocupes demasiado. Al final lo que importa es la media y seguro que los profes del Cano te aprueban. Todos hemos pasado por ahí y a mí me tenían mucho cariño. Así que ni te rayes, ¿quién te da?

LALA

La Marisol.

PAULITA

Esa la tuve yo toda la ESO. Si quieres hasta le puedo decir de tomar un café y…

ARA

(Interrumpiendo a PAULITA)
No le hace falta que le soluciones la vida, Paula, se las puede apañar muy bien sola.
(a LALA, acariciándole el brazo)
¿A que sí?

EL PADRE

(A AZUL)
Julio, ¿tú qué? Estás muy callado.

AZUL

(Suspira)
No me llames así, papá, por favor te lo pido.

EL PADRE

(De mala leche y sarcástico)

¿Y cómo coño quieres que te llame? ¿"Hijito mío"? ¿"Verde que te quiero verde"? Anda ya, Julio.

(con desprecio)

Déjate de gilipolleces, ¿eh? Que no estoy para aguantártelas, ya tienes pelos en los huevos.

AZUL

(Suspira)

Pues vale.

(ARA le pone la mano en la pierna a AZUL por debajo de la mesa y le dedica una mirada de consuelo. Luego, LA MADRE cambia el tema de conversación.)

LA MADRE

¿Os ha contado el papá las últimas de la familia?

(ARA trata de disimular que se ha tensado, AZUL lo nota y frunce el ceño mirándola.)

PAULITA

(Tapándose la boca con educación mientras mastica)

¿Qué?

LA MADRE

Los primos, que han comprado la casa de la plaza.

LALA

¿La de los abuelos? Pero si estaba carísima.

LA MADRE

¡Pues ahí está la cosa! Está todo el pueblo desconcertado. Pero es que resulta, no os lo vais a creer... ¡Resulta que la prima Elvira está embarazada! Y su hermano le ha ayudado a comprar la casa para criar al niño ahí. Nadie sabe quién es el padre. Esperemos que no sea muy feo, porque bastante tiene el bebé con la genética por parte de madre...

(Tanto LALA como ARA se ponen nerviosas, apartan las miradas de LA MADRE y evitan comentar el tema.)

PAULITA

Mamá, coño, no seas mala.

AZUL

(A ARA, refiriéndose a PAULITA)
Siempre tan perfecta, tío, qué pesadilla.

PAULITA

Gilipollas.

EL PADRE

(Da un palmetazo en la mesa)
No insultes a tu hermano eh, que me cago en todo.

PAULITA

¡Pero si lo acabas de hacer tú!

EL PADRE

Pues y bien que yo puedo. Para eso soy vuestro padre. Y tú, Paulita, ahora que me acuerdo. ¿Qué coño piensas hacer este año? Porque yo no voy a darte un duro más, te aviso.

ARA

Joder, papá… Que se acaba de quedar en paro.

EL PADRE

Y aquí la otra. Cinco años has tardado en sacarte una carrera que no vale para nada. Ya puedes estar buscando trabajo, porque a ti se te acaba también el chollo este año. O eso o Lala se queda sin universidad, vais avisados.

ARA

¿Y por qué tengo que cargar yo con eso? ¡Coño, papá!

LA MADRE

Ni papá ni leches. Que ya sois mayorcitas vosotras dos. Y si no te gusta, Araceli, búscate una novia que te mantenga.

(ARACELI aprieta el puño y ahora es AZUL quien pone su mano sobre la pierna de ella para tranquilizarla.)

LA MADRE

(Continúa)
Julio, ¿tú qué tal el máster?

AZUL

(Tras una breve pausa, cabizbajo y avergonzado)
Me han quitado la beca y lo he tenido que dejar.

LA MADRE

¿Cómo? ¿Y esto cuándo ha sido? ¿Y por qué no
dices nada? ¿Y cómo no te vienes para acá, con lo
que estás gastando en Madrid? ¿Cómo puedes ser
tan irresponsable, Julio? Sabiendo lo que cuesta
la matrícula de la UMU de Lala. ¡Me cago en la
puta!

ARA

(A LALA)
¿Cómo que la UMU? Ni se te ocurra quedarte en
Murcia, Lala, la carrera aquí no sirve para nada.

EL PADRE

Lala se quedará donde se le diga. No sé en qué momento te dejé irte con los catalanes. Vamos, si llego a
saber yo…

ARA

(Se encara)
A saber, ¿qué?

(La madre se levanta y va a la cocina, vuelve con una lata de medio litro de cerveza, la segunda. Se bebe la mitad de golpe.)

LA MADRE

(Mirando a ARA y AZUL)
No hacéis más que dar disgustos y gastar dinero.
(a LALA)
Tienes el listón bajo, hija. Más te vale elegir algún oficio útil, no como estos dos.

PAULITA

(Como para sí, pero en voz alta)
Ya ves tú de lo que le va a servir, yo tengo cuatro grados y estoy en paro.

AZUL

(A LALA)
Tú haz lo que te salga del coño.

ARA

Pues sí porque, si no, te vas a arrepentir.

EL PADRE

¿Cómo se os ocurre contradecir a vuestra madre de esta manera? Esto yo en mi casa no lo voy a permitir, ¿eh? ¡Ya está bien! Que esto más que una familia parece, parece…

AZUL

Una puta mierda es lo que es.

(EL PADRE da otro manotazo y se levanta a la vez, mira a AZUL muy cabreado y este pone sus ojos sobre los de él. ARA le agarra la mano por debajo de la mesa.)

EL PADRE
(A AZUL)
Fuera.

ARA
Papá…

EL PADRE
Y tú también. Fuera los dos. Fuera de mi casa.

PAULITA
Papá, para.

EL PADRE
(Cabreado)
Ya está la otra. Siempre estáis igual, me tenéis hasta los huevos. No se puede estar tranquilo en esta casa cuando venís. La una que si siempre pidiendo pasta, el otro que si no lo llame por su nombre. ¡Y una mierda! Largo. Buscaos otro sitio donde gorronear, no os quiero ver más por aquí.

LA MADRE
Lala, cariño, tráeme el bote.

(LALA hace el amago de levantarse)

PAULITA

(A LALA)

¿Qué mierda haces? ¡Encima!

(a LA MADRE)

¿Ya vas a empezar a drogarte, a estas horas?

ARA

No te engañes, no es el primero de hoy. ¿No le ves los ojos?

LA MADRE

¡Yo en mi casa hago lo que me da la gana! ¿Me habéis oído, desagradecidos de mierda?

EL PADRE

(Gritando)

¡Ya está bien! ¡Fuera de mi casa he dicho!

(ARA y AZUL se levantan y se alejan de la mesa en dirección a la puerta. PAULITA también se pone de pie y coge a LALA del brazo.)

PAULITA

(A LALA)

Vamos, no tienes por qué aguantar esto.

LA MADRE

(Poniéndose nerviosa)

Lala, que me traigas el bote.

LALA

(Estresada, con los ojos llorosos)
¡Que no me digáis lo que tengo que hacer! ¡Ninguno!

AZUL

(Desde la puerta)
No te conviene quedarte aquí un minuto más, Lala. Mucho menos toda la universidad.
(PAULITA se acerca a sus hermanos, EL PADRE y LA MADRE se levantan, nerviosos. Solo LALA queda sentada, cabizbaja y lloriqueando. En ese momento, alza la voz.)

LALA

Estoy embarazada.

(Todos se paralizan. Los tres hermanos mayores de LALA vuelven a acercarse a la mesa y se quedan en silencio observando a la chica.)

LALA

(Continúa)
Gabriel y yo hemos decidido que vamos a tenerlo. Sus padres nos han regalado un piso en Murcia centro. También se han ofrecido a hacerse cargo de mis estudios y del bebé mientras estemos con las clases, así que no tenéis que preocuparos por el dinero. Después de selectividad nos mudamos allí.

LA MADRE

(Con los ojos llorosos, se sienta despacio al lado de su hija)
Lala, cariño. Pero eso... Eso son buenas noticias, ¿no? ¿Habéis pensado casaros?

ARA

No me jodas, Lala. Creí haberte educado mejor que esto.

PAULITA

¿Qué quieres? ¿Acabar como mi amiga Anna?

AZUL

O peor. Como mamá.

LALA

(Se levanta y trata de recomponerse, se seca las lágrimas de los ojos)
Gracias por venir a celebrar mi cumpleaños. Voy a ducharme, los padres de Gabi me han invitado a cenar.

(LALA entra en la casa. PAULITA, AZUL y ARA vuelven a la puerta y salen de la vivienda. LA MADRE entra a por el bote de marihuana y EL PADRE vuelve a sentarse, esta vez solo, ante la mesa. Suspira, se sirve un poco de pollo asado y se lo come con las manos. Rebaja la carne con grandes tragos de vino directos de la botella.

Al cabo de unos minutos, PAULITA, AZUL Y ARA vuelven a entrar y se sientan alrededor de la mesa. LA MADRE también ha regresado a su sitio y se está fumando un porro, le tiemblan las manos y moquea en exceso, lo que hace entender a sus hijos que no solo ha ido a por marihuana. PAULITA se sirve ensalada y ARA remueve las patatas asadas de su plato.)

AZUL

(A ARA)
Necesito el huevito este verano, me quiero ir de viaje un par de meses.

ARA

Ni de puta coña. Estás que me dejas sin coche todo el verano.

PAULITA

Yo también necesito el coche este verano, tengo entrevistas de trabajo por todos lados y el tren cuesta una pasta.

ARA

Pues te pillas un *blablacar*.
(a AZUL)
Y tú haces autoestop. A mí no me dejáis sin coche.

EL PADRE

He vendido el coche.

(La mesa se queda en silencio. ARA saca su paquete de tabaco de liar y se hace un cigarrillo. PAULITA chequea su correo en el teléfono y AZUL ojea el Tinder. LALA sale de la casa, vestida con una camisa y unos vaqueros, y le da un beso en la mejilla a todos sus hermanos y a sus padres antes de marcharse.)

LA MADRE
(Murmurando)
No es la misma desde lo de la vecina.

(Telón)
(Se encienden las luces del teatro. Los aplausos atraviesan la sala y rebotan en todas las paredes. Los personajes caminan hacia sus destinos disidentes, sabiendo que volverán a encontrarse en la cena del día de Navidad. Porque la familia es la familia, te toca la que te toca y se antepone a cualquier otra preferencia vital. Así que los integrantes de esta obra volverán a saludar ante los focos al terminar el siguiente drama, la próxima parte del largo teatro en el que sus vidas se han convertido. No te engañes, lector. Tu tragicomedia vital es incluso más deplorable.)

(Fin de la escena)

(Oscuro)

Este libro se terminó de imprimir
en la imprenta Solana e hijos Artes Gráficas
el 23 de abril de 2024.